COLLECTION FOLIO

Jean-Baptiste Andrea

Cent millions d'années et un jour

Gallimard

Jean-Baptiste Andrea remercie l'Istituto Culturale
delle Comunita' dei Ladini Storici delle Dolomiti Bellunesi
– Istituto Ladin de la Dolomites, Borca di Cadore.

Jean-Baptiste Andrea est né en 1971. Il est écrivain, réalisateur et scénariste. *Ma reine*, son premier roman, a été récompensé par de nombreux prix, dont le prix du Premier Roman et le prix Femina des lycéens en 2017. Depuis, Jean-Baptiste Andrea a publié *Cent millions d'années et un jour* ainsi que *Des diables et des saints*, pour lequel il a reçu le Grand Prix RTL-*Lire* 2021.

À mes parents

ÉTÉ

J'oublierai bien des choses, c'est inévitable, jusqu'à mon propre nom peut-être. Mais je n'oublierai pas mon premier fossile. C'était un trilobite, un petit arthropode marin qui n'avait rien demandé à personne quand mon existence percuta la sienne un jour de printemps. Une seconde plus tard, nous étions amis pour la vie.

Ses compagnons et lui, il me le raconta quand je fus en âge de le comprendre, avaient survécu à plusieurs extinctions de masse. À la lave et à l'acide, au manque d'oxygène, au ciel qui penchait. Et puis un jour ils avaient dû baisser les armes, reconnaître qu'ils avaient fait leur temps et se rouler en boule, bien au chaud au fond d'un caillou. Il fallait accepter la défaite, laisser la place aux autres.

L'autre c'était moi, *Homo sapiens* en pantalon trop grand, debout dans les hautes herbes d'un siècle encore jeune. J'avais été renvoyé de l'école communale, ce matin de 1908, pour avoir corrigé la maîtresse. Pépin n'était pas le nom d'un roi de France, comme elle le prétendait. C'était celui d'un chien, *mon* chien, un berger bleu que nous avions trouvé dans la grange. Il nous protégeait des esprits maléfiques et des chats errants – souvent les mêmes, tout le monde savait ça.

Mlle Thiers m'avait montré une illustration d'un petit barbu couronné, sous les lettres P-É-P-I-N dont il m'avait semblé, même si j'apprenais à peine à lire, qu'elles épelaient une preuve crédible de mon erreur. Lorsqu'elle avait demandé « Tu as interrompu la classe, tu as quelque chose à dire ? », j'avais répondu « La prochaine fois, j'aurai raison ». Elle avait écrit *insolent* à la plume sur mon carnet, souligné deux fois, et tu me feras signer ça à tes parents s'il te plaît.

Je rentrai directement par le chemin des Brousses avec mon insolence à deux traits et ma tête de victime. De tous les gars du coin, j'étais le seul qui aimait l'école, et j'étais le meilleur. Qu'est-ce que j'y pouvais, moi, si ce roi avait un nom de chien ?

Aux volets tirés de la chambre, je compris que je ne devais pas déranger ma mère. Dans ces moments, il lui fallait du noir et du noir seulement. Le Commandant n'était pas à sa place sur l'horizon, là où nos champs basculaient vers le village. Il n'y avait que Pépin, justement, sa jeunesse vigilante blottie dans le vent au sommet d'une butte. Il redressa sa bonne oreille et me toisa un instant, un peu roi c'est vrai, avant de se rendormir.

Je m'emparai d'un marteau, remède souverain à bien des problèmes. Il valait mieux s'en servir loin de la maison et je traversai un maquis de salades, tout droit, jusqu'au moment où une grosse pierre m'arrêta dans le champ du voisin. J'y superposai le visage de Mlle Thiers, un, deux, trois, et lui assenai un coup vengeur. La pierre s'ouvrit aussitôt, comme si elle avait fait semblant d'être entière. Et mon trilobite me regarda droit dans les yeux, aussi surpris que moi, depuis ses profondeurs.

Il avait trois cents millions d'années, et moi six ans.

— Destination ?

J'ai répondu terminus, l'endroit où je vais n'a plus de nom. Un simple hameau perdu au bout d'un jour d'été. Le type assis sous son parasol m'a tendu mon billet et s'est rendormi.

Devant moi une nuque ballotte, menace de rompre à chaque virage. Une vieille femme. Nous sommes les seuls passagers, elle, moi et cette chaleur de damnés qui coule par tous les interstices, joints usés, vis branlantes, fenêtres mal ajustées du véhicule. Mon front contre la vitre cherche en vain un souvenir de fraîcheur.

Umberto n'était pas au départ de la navette à Nice. Je l'attendrai là-haut puisqu'il le faut. Il prendra un autre de ces bus avec leurs drôles de pneus aux flancs tout blancs. Il montera pendant des heures lui aussi, pariant que la route ne peut plus continuer bien longtemps – il se trompera. Je ne lui ai pas parlé depuis un mois mais il viendra, j'en suis sûr, il viendra parce que c'est Umberto. Et je m'impatienterai, je tempêterai jusqu'à ce qu'il arrive, parce que je suis moi.

La nuque craque comme une brindille, la vieille s'est endormie sur son cabas. Une fillette était assise avec sa mère de l'autre côté du couloir il y a quelques instants encore, jambes étendues sur le cuir rouge. Je lui ai offert la socca que j'avais achetée sur le port – les premiers virages m'en avaient fait passer le goût. Elle m'a tiré la langue en louchant, dédaignant la galette de pois chiches. Sa mère l'a grondée, j'ai fait signe que ce n'était pas grave même si je pensais sale gosse. La mère et la fille sont descendues il y a peut-être deux heures, dans une autre vie. La route, elle, est toujours là. Et si tout commence souvent par une route, j'aimerais savoir qui a fait la mienne si tortueuse.

C'est un pays où les querelles durent mille ans. La vallée s'y enfonce, s'égare comme un sourire de vieillard. Tout au fond, pas loin de l'Italie, un cyprès immense cloue le hameau à la montagne. Les maisons font cercle, se bousculent et tendent leurs tuiles brûlantes pour le toucher. Les ruelles sont si étroites qu'on s'écorche les épaules à les parcourir. Ici, la place est rare et la pierre la convoite. À l'homme, elle ne laisse que des miettes.

Le village ressemble à la photo que j'ai vue, floue, bue par du mauvais papier. L'épingle verte du cyprès et tout autour, un grand battement ocre de papillon agonisant. Derrière une vingtaine de cigarillos, des faciès calcaires me dévisagent avec curiosité. Au milieu d'eux, membre à part entière de la communauté, un âne allonge sa tête curieuse. Le maire s'est avancé, main tendue et sourire de chicots.

La petite foule m'a entraîné, poussant, tirant, touchant pour s'assurer que j'étais bien le *Professore*, celui de Paris, parce qu'on n'en avait jamais vu un par ici et donc *scusi*, on ne savait pas à quoi ça ressemblait. On m'a servi un café comme seuls les Italiens savent le faire, goudron amer qui me rappelle mon enfance, quand je tombais et que je m'éraflais le genou. D'abord, on ne sent rien, puis vient cette gifle qui fait monter les larmes aux yeux, et le vertige du soulagement quand la douleur s'éteint.

Je les appelle « Italiens » alors que ces gens sont français depuis 1860, le maire l'a répété trois fois depuis mon arrivée, « de vrais Français, *Professore* », un doigt patriotique rebondissant sur son écharpe tricolore. C'est qu'ils n'ont rien perdu de leur terre d'origine, de l'autre côté de la crête. Tout en eux évoque la pierre. Leur peau, leurs mains, la poussière dans leurs cheveux. Elle les fait naître et elle les tue. Avant d'être maçon, menuisier, cocu, avant d'être brigand, riche ou pauvre, on est ici alpiniste. Comment s'en étonner ? Dès ses premiers pas, l'enfant de ces vallées se heurte à une paroi. Il lui faut bien apprendre à l'escalader ou il n'ira nulle part.

France, Italie, peu importe. Ce ne sont que des mots de gamins qui poussent des billes sur une grande carte en se chamaillant. Nous ne sommes nulle part, dans le ventre du monde, et cet endroit n'appartient à personne, à personne d'autre qu'à la science qui m'y amène aujourd'hui. En fin de journée, je me suis installé dans la chambre réservée à mon nom dans la seule *locanda* du village. Il flotte dans la pièce un parfum de grand âge. L'inconfort est absolu. Les volets, couverts d'une écaille mauve, ouvrent sur un horizon chamboulé. Vertical.

Sous ma fenêtre, un chiot patauge dans l'ombre du mur, tourbillonnant après sa queue. Il ignore encore qu'il ne la rattrapera pas, que d'autres ont essayé avant lui et qu'ils ont renoncé. Je connais ce chiot, mes lèvres s'arrondissent pour l'appeler, mais non, bien sûr, nous sommes le 16 juillet 1954 et Pépin est mort depuis quarante ans.

J'ai fermé la porte de mon appartement il y a une semaine, je dis « mon » par habitude, ce n'était déjà plus le mien. Je suis passé voir Mme Mitzler au sixième, je lui ai annoncé que ça y était, je partais. *Vous partez où ?* Peu importe, Mme Mitzler, ce qui importe c'est que je ne pourrai plus vous aider à monter vos courses le vendredi, vous confier mes travaux de couture, rattraper votre chat quand vous laisserez la fenêtre ouverte, vous avertir quand votre évier débordera, agrandira l'auréole au plafond de ma cuisine. *Vous reviendrez ?* Bien sûr que je reviendrai, Mme Mitzler, qu'est-ce que vous croyez, mais sûrement pas dans ce quartier, dans un coin plus huppé, un appartement avec des moulures peut-être. Dans ses yeux flous, j'ai lu un mélange de regret et d'admiration. Mme Mitzler savait reconnaître un homme qui forçait son destin.

Il pleuvait, une plainte de zinc grise qui glissait sous les cols. En chemin pour la gare de Lyon, je suis passé devant l'université où j'étais entré pour la première fois un quart de siècle plus tôt, jeune professeur en paléontologie encore plein d'illusions, persuadé de débarquer dans un Olympe d'où toute mesquinerie serait bannie. J'appris plus tard que les dieux de l'Olympe étaient plus mesquins, plus cruels et plus vicieux que n'importe quel humain. Les dieux mentaient, pillaient, trompaient, se mangeaient entre eux. Mais ils étaient intelligents, ça oui.

La seule chose que je devais à ce lieu, c'était Umberto. Il était apparu un jour dans mon bureau, le temps d'un clignement d'yeux. Il m'avait fait la peur de ma vie. Comment ce géant de carnaval était-il entré sans que je m'en aperçoive ? Sa façon de se mouvoir, ses sourires gauches suggéraient un enfant perché sur des échasses sous un costume de papier mâché, déclenchant un mouvement ou une expression comique à grand renfort de leviers cachés. Ses lunettes de myope ajoutaient encore à son air épais. Il avait cette gravité des grands, des êtres conscients d'occuper plus d'espace que le commun des mortels sur cette planète et de la responsabilité qui va avec : il faut savoir mesurer ses gestes.

— Je suis votre nouvel assistant, Professeur.

Umberto avait vingt ans, moi cinq de plus. Nul ne m'avait annoncé sa venue, je n'avais jamais eu d'assistant et, surtout, je n'en avais pas demandé. Personne à l'université ne savait ce qu'il faisait là. On avait fini par trouver son nom dans un dossier au service de la paie, ce qui avait suffi à justifier sa présence. Si on le payait, c'était qu'il servait à quelque chose, non ? Nous avons compris plus tard qu'il faisait partie d'un programme d'échange entre l'université de Paris et celle de Turin. Malgré une enquête approfondie, nous n'avons pu déterminer qui nous avions égaré à Turin.

Umberto avait rapidement su se rendre indispensable. J'appréciais sa présence tranquille, sa dévotion, sa façon de m'appeler « Professeur », un titre qu'il respectait d'autant plus que je l'avais obtenu jeune. Tout l'inverse de mes collègues, qui pour la même raison le prononçaient en faisant bien sonner les guillemets. Ce n'était pas le scientifique le plus rigoureux, ni même le plus intelligent que je connaissais. Mais il avait de l'or dans les mains. Quand une ammonite se désagrégeait sous les doigts, quand la pierre refusait de céder l'otage qu'elle retenait, c'était Umberto qu'on appelait. Avec douceur, il relâchait l'emprise du temps sur l'objet qui nous intéressait : feuille, mollusque, fragment d'os, il était d'une lenteur infinie, conséquence sans doute de son enfance montagnarde. Je l'avais trouvé à plus d'une reprise à son bureau au petit matin, tel que je l'avais laissé la veille. Ciseau dans une main, pinceau dans l'autre, figé dans une poussière d'atomes. Il n'était pas marié, alors peu importait l'endroit où il posait sa grosse tête pour laisser le sommeil lui voler quelques heures de vie.

Après deux ans, je l'avais autorisé à m'appeler par mon prénom. J'avais essayé mille fois de lui faire prononcer *Stan*, en lui expliquant que le « n » devait buter contre un mur, il disait toujours Stanè, accompagné d'un déploiement comique et impuissant des mains lorsqu'il s'apercevait de son erreur. J'avais fini par en rire.

Puis il y avait eu l'histoire de la grappa. Je m'étais rendu au laboratoire pour y chercher un échantillon. Umberto étudiait des photos d'un chantier de fouilles en Ardèche. À côté de lui, une bouteille ouverte. Un parfum claquant d'alcool s'en dégageait. Il m'avait proposé une lampée avec un sourire, son oncle faisait cette eau-de-vie en très petite quantité et lui en avait envoyé pour lui rappeler le pays, où elle était très recherchée. Je l'avais rabroué. J'ignorais comment les choses se passaient à Turin. En France, et plus particulièrement à Paris, et plus particulièrement dans ce vénérable collège, un chercheur ne buvait pas à son poste de travail. Ni une ni deux, j'avais confisqué la bouteille du géant penaud et je l'avais oubliée dans un placard.

Je l'avais retrouvée par hasard un soir. J'étais resté pour remplir une demande de subventions. La bouteille était entamée, qui s'en apercevrait ? À la première gorgée, un vent de montagne m'avait frappé, une aria de pentes et de fleurs de prairie qui m'avait fait monter les larmes aux yeux. J'avais travaillé jusqu'à minuit.

Mon dossier bouclé, je m'étais levé pour rassembler mes affaires. J'avais basculé comme un sac, tête la première dans les edelweiss, entraînant ma chaise et quelques documents en équilibre sur mon bureau. Umberto était arrivé en courant, alerté par le vacarme. Pendant qu'il ramassait la bouteille vide, je m'étais excusé en pouffant, j'étais désolé, cette divine boisson donnait l'impression de manger le printemps, désolé, vraiment désolé, Umberto, je ne te l'ai jamais dit mais tu es mon meilleur ami, je le jure, mon *meilleur ami*, viens là que je te serre dans mes bras, bientôt nous allons avoir de nouvelles subventions et c'est grâce à ta grappa, d'ailleurs il ne t'en resterait pas une autre bouteille, qu'est-ce que je disais, ah oui, c'est grâce à ta grappa, dis donc, c'est dur à prononcer, grâce-à-ta-grappa, enfin bref, c'est grâce à elle que j'ai pu finir le dossier.

— Ce dossier-là ?

Il avait brandi les feuilles roses sous mes yeux. Seule la première page du formulaire était remplie. Le reste était couvert de dinosaures, de fossiles, de paysages esquissés. Il y avait même un petit poème. Après ça, je ne me souviens de rien.

Je m'étais réveillé dans un cagibi où personne n'allait, au fond du bâtiment, blotti sous une bâche au bord d'une flaque où surnageait mon dîner de la veille. Vingt-sept ans, la bouche amère, l'âme écorchée, ma première gueule de bois. Pas la dernière.

Umberto dormait à mon bureau dans le petit jour permanent des sous-sols, la tête posée sur le dossier refait, prêt à partir. Il avait étiré des bras longs à toucher les murs, interrompu mes excuses d'un *va bene* nonchalant. Frustré de ma pénitence – un reste des enseignements du bon abbé Lavernhe –, j'avais fait valoir :

— Tout de même, à ta place, je serais fâché.

— Au pays, tout le monde essaie d'arracher à notre *zio* le secret de fabrication de sa grappa. Vous, il vous a suffi d'y goûter une fois pour comprendre. Mon oncle ajoute des fleurs au marc de raisin avant de le distiller. Vous avez du palais et vous êtes un homme de goût. Alors non, je ne suis pas fâché.

Umberto m'avait laissé à mon mal de tête. Après ça, il avait pris soin de m'apporter un peu de grappa chaque fois qu'il en recevait, et j'avais fait semblant de ne pas remarquer qu'il continuait d'en boire à son bureau.

— Destination ?

Il a cessé de pleuvoir au moment où j'arrivais gare de Lyon. J'ai pris ça pour un signe.

— Destination ? a répété le type du guichet.

J'ai répondu Nice. Le type du guichet m'a tendu un billet et a dit suivant.

Quatre jours. Toujours pas d'Umberto. J'ai cessé de me rendre à l'arrêt de bus pour l'attendre. Je l'ai maudit, je me suis juré un jour de plus, pas davantage, après quoi je partirai sans lui, même si je sais très bien que c'est faux. Tout le monde le sait, les oiseaux, les pierres, le criquet qui violone sur ma cuisse. Je ne peux rien faire sans Umberto.

Le village était presque désert ce matin, ses habitants aspirés par d'autres vallées plus prospères, plus ouvertes, le temps d'une journée ou d'une semaine de labeur. Certains finiront par ne pas revenir. Le plus célèbre de ceux qui ne sont pas revenus, raconte le maire à qui veut l'entendre, c'est son cousin du côté des Capolungo, celui qui est parti en Amérique, celui qui a réussi à « Ollyhoude ». En tout cas, c'est ce que le cousin affirme dans les longues lettres qu'il envoie au village. Et peu importe si ce n'est pas vrai, peu importe s'il embellit en parlant de boulevards si larges qu'on se perd en les traversant ou de femmes qui ne vieillissent pas. Peu importe s'il crève de faim sur un chantier, s'il empile des pierres comme tous les gars du coin. Partir, c'est déjà réussir.

Je connais bien l'Amérique. Elle me manque. Ici, tout n'est que chaleur et saupoudrement d'ombre. Cette vallée est une blessure dans la montagne, vendetta éternelle entre la pierre et l'eau. Elle sent l'église, un parfum de vent dans les clochers, de bronze terni, de croix couchées dans l'herbe. On s'attend au silence mais un rugissement perpétuel fatigue l'oreille : celui du torrent qui coule au fond, dans une verdeur de menthe où s'enfoncent des marches étourdies de mousse. Il faudrait être fou pour s'y risquer.

Je n'ai pas vu d'enfants. Soit ils arpentent les cours de pensionnats lointains, soit les gens naissent vieux. Si j'étais du pays, je voudrais moi aussi rester le plus longtemps possible dans le ventre de ma mère. Je n'en sortirais que quand la place viendrait à manquer, dans un costume tout froissé, content de m'être épargné vingt ou trente bonnes années de vertige sous ces parois grises. Et puis je partirais, comme le cousin Capolungo.

À dix heures, la température est accablante. Un grand platane défait la lumière. Seul dans le poing fermé de la montagne, je me suis adossé à une fontaine, les doigts dans l'eau. Tout paraît pauvre autour de moi, l'air, la terre, tout. Pure illusion. Une voix nous parle à travers les siècles, murmure dans les crevasses et dans la trame du vent. Il y aurait un trésor… Mais il y en a tant, des histoires de trésor. Alors personne ne l'écoute. Personne n'y croit. Personne sauf moi.

21 juillet 1954.

L'unique téléphone du village a sonné dans le bureau du maire. Le maire, qui nourrissait ses poules, est remonté en courant. Il a remis son écharpe pour venir m'annoncer la nouvelle en personne. Quelqu'un arrive par la navette du jour.

Umberto, enfin.

Le bus l'a déposé dans un soupir hydraulique avant de redescendre vers une mer qu'après quelques nuits ici je suis sûr d'avoir imaginée. Mon ami n'a pas changé : même costume de velours sur les mêmes chaussures de randonnée qui nous faisaient rire il y a vingt ans, la dernière fois que nous nous sommes vus. Personne ne ressemble autant à un paysage – ses Dolomites natales. Umberto est une falaise penchée sur le monde, un amas de couches géologiques qui bougent avec une lenteur de continent. Un sourire brise les cassures verticales de son visage. Sa main, énorme, enveloppe la mienne avec une douceur étonnante, presque soumise, alors que lui aussi répond aujourd'hui au titre ronflant de *Professore* à Turin.

Quand il s'est décalé et que la vallée est réapparue derrière ses épaules, j'ai remarqué qu'il n'était pas seul. Un jeune homme souriant se tenait là. Le bus reculait doucement en arrière-plan, son grand pare-brise aveuglé de lumière, et ce fond d'or donnait au gamin l'air hébété d'un personnage tombé d'une fresque. Peter, a annoncé Umberto : son jeune assistant à l'université de Turin.

J'ai fait de mon mieux pour cacher ma colère. Oui, j'ai ressenti de la colère, une de ces bonnes vieilles rages pleines d'épines qui avaient fait ma réputation. Je n'avais pas explicitement demandé à Umberto de venir seul, bien sûr. Je pensais qu'il avait compris qu'il s'agissait de quelque chose d'important. Une conspiration peut-être enfantine, mais une conspiration tout de même, où l'on n'entraîne pas le fils des voisins juste parce qu'il est là et qu'il a l'air de s'ennuyer sur sa balançoire.

Je me suis tourné vers Peter, main tendue.

— Enchanté.

Mon premier mot pour ce gamin fut un mensonge.

Umberto a les ongles bleus. Peter a les ongles bleus, et moi aussi bien sûr. Nous avons passé notre enfance à quatre pattes sur des plateaux calcaires, à tamiser des montagnes, à écraser nos doigts quand une massette dérapait. Notre salut secret, notre signe de reconnaissance, ce sont ces ongles manquants, meurtris d'un bleu dont toutes les nuances, Prusse, smalt, turquin, viennent d'avoir trempé nos mains dans les nuits souterraines d'un continent fossile.

Assis sur une chaise qui tremble sous son poids, dans l'aura de la fontaine, Umberto pince l'anse d'une tasse de café. Il se tait, il attend. Je l'ai appelé il y a quelques semaines à peine, pouvait-il me consacrer deux mois entiers ? Il m'a posé une seule question, la même que tout le monde ces derniers temps :

— Destination ?

Je lui ai parlé du cirque dans la montagne. Je lui ai recommandé de tout organiser dans la plus grande discrétion. Il ne m'a pas demandé pourquoi, il m'a juste précisé qu'il devait être rentré mi-septembre pour une intervention bénigne. Pour le reste, je pouvais compter sur lui. C'était ça, Umberto.

À côté de lui, Peter se craquelle d'impatience. Il est étroit de tout, de torse, d'épaules, de visage, sa lèvre ourlée d'une petite moustache rousse qu'on a envie de raser de force. Peter est allemand, détaché de l'université de Marbourg. Quand il explique quelque chose, et il explique tout, ses mains tournent sur ses poignets comme des tournesols fous.

— À quinze ans, je suis entré au séminaire, *ja* ? À dix-sept, je l'ai quitté pour la science. Je croyais changer de voie. Et vous savez ce que j'ai choisi ?

Paléoclimatologie. *Palaiós*, ancien. Peter est un historien du feu et de la glace, de l'influence du ciel sur la terre, les bêtes et les hommes.

— Finalement, rien n'a changé. Je parle toujours de soufre et de foudre à longueur de journée !

Intarissable une fois lancé. Et une recrue de choix, je commence à le comprendre.

— Je suis très honoré de faire partie de cette expédition, Professeur…

— Stan.

— Stan. Je me demandais… *Was suchen wir ?* Que cherchons-nous, au juste ?

J'ai voulu répondre, je le jure. Je me suis même entendu dire, très bonne question jeune homme, nous cherchons…

Une mouche s'enlise dans l'air épais de ma chambre. Je suis sa lutte des yeux, affalé sur mon lit. Si elle mourait, si elle tombait juste au bon endroit dans une goutte de résine, si cette résine durcissait, se fossilisait et devenait de l'ambre, bien dur et bien transparent, si cet ambre survivait quelques millions d'années, à l'abri pour ne pas s'abîmer mais pas trop quand même, pour être découvert, alors cette mouche livrerait à un chercheur, un jour lointain, les secrets de notre monde. Une simple mouche dont personne ne se soucie et qui contient l'univers. La faune, la flore, le ciel de 1954, qu'on écraserait d'un revers de la main.

— *Tutto bene,* Stanè ?

Umberto, la tête passée par l'entrebâillement, flotte tel un ballon inquiet au-dessus de moi.

— Oui, pourquoi ?

— Tu es parti d'un coup en plein milieu d'une phrase. Peter est dans tous ses états.

— Ah, oui.

Peut-être mon secret est-il devenu trop lourd pour être partagé. Ou alors c'est la peur, la peur qu'on me vole mon géant, qu'un autre que moi lui donne son nom, un autre type aux ongles bleus et aux dents longues.

— *Tutto bene, Berti.* Dis à Peter que je suis désolé. J'avais besoin de m'allonger. Je suis juste un peu fatigué par ce soleil.

Umberto part d'un rire d'orgue, si grave qu'il transforme ma petite chambre en chapelle.

— On ne rajeunit pas. Mais ce sera comme au bon vieux temps là-haut, pas vrai, Stanè ?

Oui, comme au bon vieux temps. Moins nos salaires de misère, nos yeux usés par les lampes blafardes, les conférences que personne n'écoute. Et si je me trompe, si ma théorie est fausse, il ne s'agira pas cette fois de refermer un dossier, de l'enfouir dans un cimetière de paperasse et de recommencer. Mon avenir repose sur le succès de cette expédition. Le quartier chic, les moulures, tout, tu comprends ? Non, bien sûr, tu ne peux pas comprendre.

Je me contente de taper sur l'épaule de mon ancien assistant. Rendez-vous à vingt heures dans le salon de la *locanda*, où doit nous retrouver le guide qu'Umberto a embauché.

— Stanè, le gosse a raison… Il va bien falloir que tu nous dises ce qu'on cherche.

Nous y sommes. Plus question de reculer. Tu veux vraiment savoir, Berti ? J'inspire l'air qui chante comme du métal par la fenêtre ouverte. Si j'avais su la valeur de cette chaleur, je ne l'aurais jamais laissée partir.

— Un dragon. Nous cherchons un dragon.

— Comment ça, un dragon ?

Je fixai la fillette qui venait d'inviter la créature dans la conversation. Je n'étais pas sûr d'avoir bien entendu.

Les pontes de l'université m'avaient choisi pour les accompagner ce soir-là, j'ignorais pourquoi. Je détestais les mondanités. Je passais mes journées au sous-sol, sous la lumière de plafonniers blêmes, à mille lieues de l'aventurier hâlé que je m'imaginais devenir autrefois. Cette existence me convenait, cette vie de taupe tranquille loin des grands carnassiers qui hantaient la surface. On m'avait sûrement enrôlé pour faire pitié, voyez chers donateurs comme nous avons besoin de crédits, même si mes coudes usés et mes ourlets mal ajustés devaient plus à la vue déclinante et à l'aiguille tremblante de Mme Mitzler qu'à mon salaire d'universitaire.

J'étais arrivé tôt devant la prestigieuse adresse. La pagaille régnait dans la cour de l'immeuble – quelqu'un déménageait. Je me sentais bien dans ce désordre, et je m'attardai sans raison apparente entre les piles de cartons. En bon scientifique, j'aurais dû savoir qu'il n'y avait pas de hasard. Derrière chaque événement, deux mains qui se frôlent, un astre qui dévie, un chien qui part et qui ne revient pas, des milliards de rouages tournent depuis des éons. Depuis que *bang*, rien est devenu quelque chose.

Un peu plus à droite ou un peu plus à gauche, une seconde plus tôt ou une seconde plus tard et je le ratais. Un fragment d'os. Là, sur le rebord d'une caisse, prêt à tomber au moindre souffle d'air, à regagner l'oubli dont il était sorti. Massif, cassé selon des lignes qui en compliquaient l'identification, du moins sans outils d'analyse plus perfectionnés. Morceau de queue ou vertèbre. Lustré brun, absence de porosité, fossilisation avancée.

Crétacé ou jurassique. Trias ? Improbable.

Je sursautai quand un déménageur s'approcha pour fermer la caisse. Le concierge était mort, un vieux qu'on avait retrouvé raide après trois jours dans sa loge. Il n'avait pas de famille et ses affaires étaient désormais propriété de l'État. L'homme me prit l'os des mains, le rangea et attendit mon départ d'un air méfiant avant de se remettre au travail.

Nos hôtes ne m'apprirent rien de plus pendant le dîner. Le concierge était là depuis toujours, un vieil Italien qui ne parlait à personne et qui, ces dernières années, n'avait plus toute sa tête. Il était paresseux, bougon, « il sentait », ajouta la maîtresse de maison, « il attaquait tôt », renchérit son mari. On ne pouvait pas le renvoyer parce qu'il percevait une pension d'invalidité. Le seul reproche qu'on ne lui faisait pas, c'était d'être mort.

Je ne serais pas cinq ans plus tard dans cette petite chambre de l'arrière-pays, en équilibre sur le rebord du monde, si je ne m'étais pas égaré dans l'appartement ce soir-là en cherchant la salle de bains.

Mais voilà, je m'égarai. Une fillette apparut dans une explosion de taches de rousseur et me tira par la manche.

— Vous êtes un ami de M. Leucio ?

À mon froncement de sourcils, elle ajouta :

— Je vous ai entendu parler de lui avec papa.

Le vieux concierge ? Je secouai la tête.

— Il était gentil. Il avait un dragon.

— Comment ça, un dragon ?

Elle chuchota pour ne pas que ses parents l'entendent. Quand les adultes n'étaient pas là, le vieux concierge réunissait les enfants de l'immeuble, les encerclait dans la lumière de l'unique ampoule de la cave et leur racontait des histoires. La plus appréciée de cette société secrète aux dents de lait, c'était celle de son dragon. *Ora, ascoltatemi bene ragazzi*, écoutez-moi bien… Adolescent, le dénommé Leucio s'était égaré après une escapade dans sa vallée natale, pour aller voir une fille. Il avait erré pendant trois jours. Surpris par un orage de fin du monde, il avait couru sous un ciel électrique et s'était réfugié dans une grotte. Là, il s'était retrouvé nez à nez avec *un drago di tuono e di lampo*, un dragon de tonnerre et de foudre.

Le vieux parlait, j'entendais sa voix de rocaille derrière celle, haut perchée, de la fillette. Il racontait un squelette immense, un corps qui s'enfonçait dans les ténèbres, si loin qu'on n'en voyait pas la fin, une tête étonnamment petite au bout d'un cou démesuré. Le dragon avait protégé le jeune homme de l'orage. Il lui avait parlé.

Une douleur rugissait dans mes veines, une vieille douleur que je connaissais bien. C'était la vie qui revenait, comme la fois où j'avais eu l'idée de prendre par le lac gelé pour arriver plus vite à l'école et que j'étais passé au travers. On avait mis un quart d'heure à me ranimer, le docteur avait même annoncé que, techniquement, j'étais mort quelques minutes. Je ne me souviens que d'un grand crac, puis de ce chien de sang qui revenait dans mes veines blanches. Je parle de cette douleur-là.

Il venait d'où, ce concierge, hein ? Et le nom de sa vallée, petite, il l'avait mentionné ? Elle n'en savait rien. Je voulus d'autres détails – quelle grotte ? Comment la reconnaître ? Le visage de la gamine s'illumina sous son émulsion rousse. La grotte était à la base d'un glacier, récita-t-elle de sa voix de grelot. De là, on voyait trois sommets en forme de pyramide couronnés d'éclairs. C'était tout ce dont elle se souvenait, avec sa mémoire courte saturée de drames et de merveilles.

Je n'eus pas trop de mal, les jours suivants, à me procurer le nom complet du concierge. Il avait à peine marqué le monde où il était tombé comme une feuille un soir de printemps, dans une loge qui sentait les égouts. Il n'avait pas de famille. Mais tout homme laisse derrière lui une piste collante, une trace d'escargot administrative, que je remontai avec la patience maladive de celui qui pense en millions d'années par nécessité professionnelle. État civil, mairie, immigration, je leur écrivis à tous pour demander d'où venait le vieux, pour découvrir la vallée où dormait son dragon. Je n'arrivai pas plus loin que Melun. L'existence officielle du concierge commençait là, dans un hôpital militaire, sur un formulaire jauni. Vingt ans et un souffle au cœur, *Exempté*. Ce qu'il y avait eu avant, personne ne le savait.

Les années passèrent. Mes courriers s'égaraient, séchaient sur des étagères ou me revenaient intacts, maculés d'une poussière lointaine. Mes appels sonnaient dans des bureaux vides. Je finis par renoncer, par me convaincre qu'il s'agissait d'une histoire pour gamins parisiens en mal d'aventure inventée par un vieil homme en mal de sa terre. Je me concentrai sur mon travail, je demandai une bourse que j'étais sûr de décrocher et qui m'enverrait passer quelques mois au musée d'Histoire naturelle de Londres. Affaire classée.

Et puis il y a six mois, un paquet arriva accompagné d'une lettre d'excuses. Le tampon s'ourlait de fioritures transalpines, de lions d'encre dont les rugissements de pacotille ne faisaient peur à personne. La lettre venait d'une administration italienne, un obscur fonctionnaire m'y assurait de sa haute considération. Évoquait une pile de dossiers perdus, un incendie qui avait détruit des documents d'état civil. Sauf celui-là, dans l'enveloppe : le certificat de naissance de Leucio D. avec le nom de son village. Et son acte de mariage dans la même vallée, dix-huit ans plus tard. La même vallée ou presque : l'annexion du comté de Nice l'avait rendue française.

Je quittai l'université en courant pour acheter une carte rue des Écoles. Là, les trois pics, adossés à l'Italie. Sentinelles veillant sur le glacier, drapées de lignes roses sur fond gris, entre Mercantour et Argentera. À qui savait les lire, ces courbes de niveau parlaient d'une verticalité hostile, effrayante. Un faux pas à droite, on meurt Piémontais. À gauche, Français. Le dragon s'était bien protégé, au sein d'un cirque de pierre que les hommes d'autrefois avaient dû croire habité par des dieux.

Il n'y avait pas le moindre dieu, ni là-haut ni ailleurs. Mais une expédition n'aurait pas plus de deux mois, trois au plus, pour travailler à cette altitude. Dès les premiers flocons, ce lieu se séparerait de la terre et retournerait au néant. Je caressai la carte, j'imaginai la bête sous mes doigts, endormie dans sa grotte de papier.

Moins d'une heure plus tard, mon téléphone sonna. Malgré la qualité reconnue de mon travail, la bourse avait été accordée à un autre, c'était une affaire délicate, politique à vrai dire – vous comprenez, n'est-ce pas, Stan ? Le recteur de l'université me promit son appui personnel. J'étais sûr d'obtenir la bourse à sa prochaine attribution. Aussi sûr qu'on puisse l'être dans ce milieu, en tout cas, c'est-à-dire pas très.

Les murs jaunes de mon réduit tombèrent comme un décor mal monté.

— Allô ? Stan ?

Un pré s'étendait à perte de vue autour de moi, montait doucement vers des contreforts brumeux. J'étais assis sur une chaise derrière un bureau ridicule, devenu raisonnable sans m'en apercevoir.

— Stan, vous êtes toujours là ?

Je me suis levé et je me suis enfoncé dans la brume.

En attendant notre guide, j'ai tout expliqué à Umberto et Peter. Ils savent enfin pourquoi ils sont là : pour faire l'Histoire au lieu de lui courir après, au lieu de se consoler comme des charognards des restes qu'elle veut bien leur jeter.

— Apatosaure ? suggère Peter. Diplodocus ? Ou alors…

Son regard s'illumine. Je devine ce qu'il va dire, parce que nous avons les mêmes ongles.

— Ou alors *brontosaure.*

Les mêmes ongles, et les mêmes rêves.

— Ou licorne, assène Umberto.

Umberto a été exclu du catéchisme très jeune, il me l'a raconté. Il avait demandé la pointure de Dieu. Un scientifique n'avale pas un récit à dormir debout sans questionner, sans exiger une preuve, un détail concret. Le doute comme religion.

— Imagine un gamin de treize ou quatorze ans, Berti. Imagine-le seul dans une tempête, effrayé, épuisé. Il découvre un squelette de dinosaure en parfait état de conservation. Il n'a pas la moindre éducation. La bête est titanesque, elle ne ressemble à rien de ce qu'il connaît.

— Pourquoi garder un tel secret si c'est vrai ?

— Parce que le dragon lui a parlé. Parce qu'il a de la fièvre, des hallucinations, par superstition. Je n'en sais rien. Peu importe pourquoi.

Umberto fait la grimace, ses doigts malaxent ses joues et travaillent sa mâchoire comme pour la punir de ce qu'il s'apprête à dire.

— Ou alors, c'est une pure invention. Un conte pour gamins parisiens qui s'ennuient.

— Sauf que… ?

Plus qu'un pas. Le détail qui échappe à tout le monde.

— Sauf que si c'est un conte pour enfants, murmure Umberto, pourquoi ne décrit-il pas la tête comme énorme, effrayante, avec des dents comme des sabres ? Pourquoi un paysan inculte décrit-il au contraire une tête trop petite pour le reste du corps, anatomiquement exacte pour un diplocidé ?

Je tape sur la table du plat de la main, si fort que les deux autres sursautent.

— Exactement !

— Il n'y a eu aucune découverte fossile majeure dans la région, objecte le géant.

— Argument stupide et non scientifique.

Je redoute un instant de l'avoir vexé, d'avoir contre-attaqué trop fort dans mon excitation, mais Umberto accepte la défaite de bonne grâce. Peter se penche inconsciemment vers celui qui parle avant d'aller quêter la réponse de l'autre, en un mouvement pendulaire qui m'aurait fait rire sans le grincement irritant qu'il arrachait à sa chaise.

— Écoute-moi, Umberto. Toutes tes objections, je me les suis faites. Toutes. Après j'en ai inventé d'autres. Reste ce morceau d'os dans les affaires de Leucio… Sa description du glacier, sa position entre les trois pics, tout concorde. Est-ce que je suis sûr de moi ? Personne ne le serait. Alors imagine : peut-être un brontosaure, comme dit Peter, l'occasion de prouver que Marsh avait raison et qu'il s'agit bien d'une espèce distincte de l'apatosaure. Même s'il s'agit d'un apatosaure ou d'un diplodocus, nous parlons d'un squelette *complet.* Pas d'un puzzle à reconstituer à grands coups de devinettes et de plâtre. De quoi rendre fous le moindre directeur de musée, la sphère universitaire. Nous sommes peut-être à quelques journées de marche de l'une des plus incroyables créatures qui aient foulé cette planète. Un géant qui fera entrer nos noms dans l'Histoire.

— *Ton* nom, Stanè.

Il a raison, c'est la tradition. *Ladies and gentlemen*, Stan le dinosaure, *Titanosaurus stanislasi*, la perle du musée d'Histoire naturelle de Londres. Ciseaux, ruban, le rideau tombe, oh et ah d'effarement devant la plus grande découverte fossile des cent dernières années.

— Et l'université finance tout ça ? demande mon ami.

— Encore heureux. Tu les connais, ça

n'a pas été sans mal. J'ai dû leur tordre le bras.

— Quel est ton plan ?

— Trois cas de figure. Un, nous découvrons la grotte et le squelette rapidement, disons dans les deux semaines. Nous séparons la tête et nous la rapportons. Ce serait l'idéal, un coup fantastique. Deux, nous mettons plus longtemps que prévu à le trouver et n'avons pas le temps de faire un prélèvement avant de redescendre. Nous photographions, nous mesurons, et nous revenons la saison prochaine. La découverte nous appartiendra, nous en aurons la preuve. Trois…

La troisième possibilité, tout le monde la connaît. Je me suis trompé sur toute la ligne. J'ai gobé les délires d'un vieux fou par paresse ou pire, par faiblesse. Parce que quand j'écoute Alfred Deller chanter *Vergnügte Ruh* sur le tourne-disque de Mme Mitzler pendant qu'elle termine mes ourlets, j'ai une drôle de boule dans la gorge. Parce que je me ramollis.

Peter lève son verre de grappa, les yeux brillants.

— Si nous ne sommes pas capables de

croire à une histoire juste parce qu'elle est belle, à quoi bon faire ce métier ?

Merci, gamin. À son tour, Umberto trinque avec un sourire de bon chien.

— À Stanè, le dinosaure.

Vergnügte Ruh. Bienheureuse paix. Ça ne tient pas à grand-chose, au fond.

Notre guide est arrivé du fond d'une nuit brûlante. L'homme est entré dans une chaleur de caramel, salué de grognements et d'autant d'yeux détournés qui, dans ce monde où rien n'est comme ailleurs, sont signes de respect.

Gio est un vieil Italien, le guide favori des alpinistes anglais qui viennent voler ici la hauteur qui manque à leur pays. Les montagnes changent mais c'est toujours lui qu'on appelle, du monde entier. Ou plus exactement, on appelle son voisin, qui a le téléphone, et qui court chercher Gio sur un toit du village. Gio pose ses outils de couvreur, prend son sac et ses chaussures de cuir. Il dit au revoir à sa femme, il jure que cette fois c'est la dernière, il ment, elle le sait, il le sait, et il part. Suisse, France, Italie, Himalaya. Gio coûte cher, j'ai failli m'étrangler quand Umberto m'a annoncé son salaire. Gio coûte cher parce qu'il n'est pas mort. Il a touché l'Eiger, le Nanga Parbat, le Matterhorn et d'autres encore, et il n'est pas mort. Il n'a jamais glissé, jamais dévissé, parce qu'il a de la chance ou parce que c'est le meilleur, peu importe. Les deux se paient.

Notre guide est sec, il n'est ni sympathique ni antipathique. Où qu'il se tienne, il donne l'impression d'avoir toujours été là. Sans passé, sans avenir, juste là. Umberto et lui viennent du même village à cinq cents kilomètres d'ici, c'est comme ça qu'ils se sont connus. Gio est son aîné de dix ans. Il parle un dialecte de la Vénétie qu'Umberto traduit à mi-voix, un patois rare où trottent des consonnes solitaires et d'étranges répétitions qui sonnent comme une fusillade.

Gio se moque du but de notre expédition. Monter, survivre, redescendre, voilà sa Trinité. Il déploie une carte, y pose un doigt osseux. Là, le sentier que j'ai repéré, le seul qui permet d'accéder au cirque de pierre. *Permettait.* Il a été emporté sur plusieurs centaines de mètres par une avalanche deux hivers plus tôt. Ce qu'il en reste, Gio ne veut pas s'y risquer.

Mais. Son doigt se décale.

Il y a un autre moyen d'accès, connu d'une poignée d'hommes : une via ferrata posée autrefois par des contrebandiers. Aérienne, dangereuse par endroits. Sommes-nous capables de l'emprunter ? Umberto est un alpiniste-né – *sì*. Peter a lui aussi taquiné quelques façades dans son adolescence – *ja*. Moi je ne suis ni sportif, ni en forme et, surtout, j'ai peur du vide.

— Stan*è* ?

— Aucun problème.

Gio énonce ses règles. Là-haut, dans notre forteresse de pierre à deux mille cinq cents mètres d'altitude, nous lui obéirons en tout. Il faudra n'emporter qu'un minimum d'objets métalliques. La montagne est si riche en fer que les orages y déchargent toute leur électricité. Si la mission s'attarde, il décidera du moment où redescendre, juste avant la mauvaise saison. *Aeo intendù ?*

Umberto fait craquer ses doigts.

— *'Son a ciatà fora chel mostro !* Allons chasser le monstre !

Et Gio qui murmure :

— *Là su, i mostre l é solo chi che te te portes drio.*

Cette fois, pas besoin de traduction pour comprendre la loi de la montagne.

Les seuls monstres, là-haut, sont ceux que tu emmènes avec toi.

La nuit colle encore aux montagnes, une bonne pâte d'encre qui sera dure à lever. Gio patientait quand nous sommes sortis de la *locanda* un peu plus tôt, titubant sous le poids de nos sacs à dos flambant neufs. Assis sur le rebord d'un abreuvoir, il fumait l'un de ces Toscano tordus qui enterrent la gorge. J'ai vu des hommes pleurer à leur première bouffée et des gamins de treize ans en téter comme de la réglisse. L'odeur du cigare, dans la langueur de l'aube, rappelait celle de l'air après que la foudre a frappé.

Une caravane attendait, engluée dans le noir. Trois ânes usés comme du velours, appuyés les uns sur les autres pour ne pas s'effondrer. Chacun portait un bidon de métal rouge d'un côté, un paquetage de l'autre. Calé contre eux, un paysan dormait debout. C'était *ça*, mon expédition ? J'avais envoyé une importante somme d'argent à Umberto le mois précédent, pour ces trois carnes ? Quatre en comptant le vieux ?

À grand renfort de gestes vers les sommets invisibles dans l'obscurité, puis vers ses ânes ridicules, j'ai fait comprendre à Gio : eux, pas assez, moi, pas content. Pas content du tout. Je n'allais pas me laisser escroquer par une bande de bouseux. Parce que les bouseux, je connaissais bien, j'en étais un. Je savais, moi aussi, comment truquer une balance les jours de marché en lestant les plateaux, enlever un fruit ou deux au moment d'emballer. Mon père m'avait montré. Gio a exhalé une grande bouffée de son cigare avant de réaspirer la fumée d'un seul coup par les narines, de la bonne fumée d'occasion qu'il aurait été bête de gâcher là où tout est si rare. Il a patoisé trop vite pour que je comprenne.

— Dis-lui que ses foutus ânes ne suffisent pas, Berti. Je ne suis pas un pigeon.

— Ils ne transportent que l'huile pour les lampes et le feu. Tout le reste est déjà là-haut.

— Quel reste ?

— L'essentiel de l'huile, les tentes, le bois, des provisions de viande séchée, les outils et de quoi attraper quelques lapins pour agrémenter l'ordinaire. Les hommes de Gio ont tout monté la semaine dernière.

— Ils ont… Par une via ferrata ?

Gio a haussé les épaules, soufflé une réponse aussitôt reprise par Umberto.

— Environ quatre cents kilos d'équipement.

D'un coup de pinceau, l'aube détache en rouge les falaises du ciel.

— Au fait, ce sont des mulets, pas des ânes.

Si quelqu'un s'intéresse un jour à ma vie, je passerai cet épisode sous silence. L'affaire de la balance aussi.

Le sentier s'est tari. Il ne coule maintenant plus qu'un filet de cailloux sous nos pieds, parfois entrecoupé d'une orgie de racines. La vallée se resserre, sa verticalité s'aggrave. On n'entend presque plus la rivière. Au-dessus de nos têtes, les épicéas disputent une course au ciel contre les falaises de granit. Leur arrogance dans la défaite, voilà ce qui fait la noblesse de ces arbres. La chaleur est revenue, plus intense encore, elle bourre le défilé d'une étoupe incandescente.

Je n'ai jamais été très à l'aise en montagne. Petit, je la voyais d'en bas, elle s'appelait les Pyrénées, sauf qu'à six ans j'entendais « Pires Aînés ». J'imaginais de grands frères immenses et effrayants, d'une autre race que moi, sans doute méchants. C'était peut-être pour ça que nous n'y montions pas. Dès qu'on y pose le pied, la question est directe, sans fioritures. « Tu es sûr de toi ? Tu ne t'es pas trompé ? » La montagne m'a interrogé mille fois ce matin et je n'ai pas su répondre. J'ai parfois le sentiment de toucher au but, je m'imagine que le prochain virage dissimule un secret, une variation. Mais les arbres se ressemblent et la pierre demeure. Umberto et Gio marchent l'un derrière l'autre en tête, gauche droite, gauche droite, d'un pas de chameau à l'amble. Derrière moi, Peter attend patiemment que j'avance. Il ne me dépasse pas si je m'arrête, une marque de déférence qui me donne l'impression de ralentir tout le monde. Enfin viennent nos trois ânes, pardon, *mulets*, et le villageois dont je ne connais pas le nom. Il ramènera les bêtes quand elles ne pourront plus continuer.

À midi, pause-déjeuner. Un rectangle de viande séchée, un peu de pain dur frotté à l'ail et quelques gorgées d'eau au goût de métal. Puis nous rangeons les sacs, nous replions les couteaux et nous reprenons notre interminable assaut, atomes humains érodant la montagne comme l'eau, le vent et la glace avant nous.

Un miracle est arrivé. J'ai trouvé mes jambes d'alpiniste. Elles étaient là qui m'attendaient sur le bord du sentier, je les ai chaussées sans m'en rendre compte. Ce sont des jambes merveilleuses, pleines de puissance contenue, de ressort, de technique pour appréhender les trahisons du chemin. Je marche soudain d'un pas léger, je me colle bientôt à Umberto qui m'adresse un sourire en coin, l'air entendu. Je suis des leurs.

Allongé sur mon sac de couchage sous une bande d'étoiles. Premier jour d'une expédition qui en comptera dix ou cent, impossible à dire. Une pierre me rentre dans l'épaule. Je ne peux pas bouger, mon corps est trop las. Mes nouvelles jambes sont sagement rangées juste sous ma taille – je ne voudrais pas les user trop vite. Derrière l'horizon, un dragon tend son cou immense et mugit dans la nuit. *Je t'attends.* Mes yeux se ferment dans un parfum d'immortelles, une fragrance de mariées et de vieilles, d'éternel recommencement.

Bientôt.

Le Commandant, c'était mon père. Tout le monde l'appelait comme ça, au bar, dans la rue, au marché, alors qu'il était fermier et qu'il n'avait pas le moindre passé militaire. On disait que ça venait d'une raclée qu'il avait collée autrefois à un gars du village voisin pour un regard de travers. Penché sur le type étalé dans son sang, il avait gueulé : « Alors, c'est qui qui commande, hein ? C'est qui qui commande ? » C'était resté.

Un jour, un saisonnier espagnol entra dans notre salon, visage grave de poussière et de sueur.

— Un pépin à la grange, *jefe*.

Une cinquantaine de cageots de pommes avaient été renversés, leur contenu éparpillé. Le coupable gisait au milieu : un chiot bleu avec une oreille pliée, endormi, une bulle fruitée au coin des lèvres. Pépin entra dans ma vie sans explication, comme il en sortirait plus tard.

Il me suivait partout. Son enfance et la mienne se mêlèrent en un tourbillon qui nous laissait haletants, langue pendante et genoux écorchés. Je le vis bientôt me dépasser en tout, force, vitesse, ruse, j'enrageais d'être coincé dans un corps trop petit. Le monde de Pépin était rond et j'en étais le centre. Il m'encerclait d'une danse attentive, de plus en plus lointaine, si bien que quand j'atteignis neuf ans et lui quatre, je le devinais plus que je ne le voyais. Mais il était toujours là, clignotant aux lisières de ma vie telle une poussière sur un cil.

À l'école, j'étais solitaire. Je préférais la lecture au sport et à la chasse, ce qui me classait sans équivoque dans la catégorie des *femnetas*. Pour prouver que son fils n'était pas une femmelette et faire monter ma cote de popularité, le Commandant organisa de force un anniversaire où il invita mes compagnons de classe, et tant pis si ce n'était ni mon anniversaire ni mes amis. Il nous fourra dans la grange avec un ballon en cuir, amusez-vous les gosses, c'est de votre âge. Après quelques passes molles, je fus nommé gardien d'un court espace entre deux bottes de paille. Les autres découvrirent vite qu'il était plus drôle de me viser que de marquer un but. J'esquivais tant bien que mal jusqu'au moment où un tir de Castaings, le fils du maire, me coucha sous une pluie d'étoiles et de rires distordus. On me redressa, on me cala contre le mur. L'un des jumeaux Etcheberry se positionna pour un penalty.

Castaings leva la main pour donner le signal. Et disparut, comme ça, happé dans un feulement d'ombre par l'obscurité derrière lui. Les autres déguerpirent en hurlant après une seconde de stupeur. Quand je rouvris les yeux, j'étais seul dans la grange, Pépin assis devant moi. Mon vieux Pépin. Je ne l'avais pas vu de si près depuis des semaines. Mes doigts se perdirent dans les poils au-dessous de ses oreilles, là où son pelage était le plus épais, j'y enfouis mon visage pour respirer son parfum de gâteau chaud, de fruits confits et de miel cuits au soleil. Il était bien plus gros que dans mon souvenir.

Castaings s'en tira avec onze points de suture, les autres avec la peur de leur vie. Le Commandant fit un don généreux pour la réfection de l'église. En retour, l'abbé Lavernhe facilita certaines démarches du maire, qui s'efforçait d'obtenir l'annulation de son premier mariage. Le maire décida de ne pas porter plainte.

Dans le village, le bruit se mit à courir que je parlais aux animaux, chez les âmes simples, que je commerçais avec le diable. Ma popularité ne s'en remit jamais. Moi je compris que les amis, il valait mieux les chercher dans la glaise et, si l'on n'en trouvait pas, se les inventer.

On l'entend – une chanson molle de laine, une mélodie de sabots. On la sent – une haleine d'ardoise mouillée. Mais on ne la voit pas, la frontière est invisible. Celle d'une nation vaste comme le vent, dont les habitants rares parlent le langage des bêtes. Nous sommes entrés à midi au pays des bergers.

À l'endroit le plus étroit du défilé, un pont de rondins traverse la rivière. L'horizon s'ouvre et déferle sur un plateau immense. La chaleur est toujours là, sèche et blanche comme le fil d'un couteau. Plus tranchante, moins contondante, aussi douloureuse. Le plateau semble finir en cul-de-sac. Aucun cirque, aucun sommet ne durcit l'horizon.

— Dites, on ne devrait pas voir les trois

pics ? Les repères de Leucio ? Vous êtes sûrs que c'est le bon chemin ?

Gio :

— *Na croda, no te pos saé se te ra ciataras ancora agnoche te r as lasciada.*

Umberto :

— Une montagne, tu ne sais jamais si tu la retrouveras là où tu l'as laissée.

Les deux hommes continuent d'avancer du même air grave. Je viens de bénéficier de la sibylline sagesse des Dolomites. Ou alors, ces rudes créatures ont un sens de l'humour que je ne soupçonnais pas.

L'herbe de ce pays est sillonnée d'eau claire, rivières en devenir qui quittent le nid pour la première fois et s'aventurent dans le grand monde. La chape de chaleur se fissure, se marbre de veines de fraîcheur que l'on traverse sans s'y attendre. Elles nous giflent le visage et nous arrêtent net. On voudrait les suivre, remonter à leur source, mais il faut tracer tout droit vers l'horizon qui se dérobe.

— Bordel de… !

Peter éclate d'un grand rire de gosse – mon pied s'est enfoncé dans un trou d'eau. Puis il se fige tel un chien à l'affût, doigt pointé vers une veine de gneiss. Depuis notre départ, il passe d'une humeur à l'autre avec une grâce de funambule. Il commente maintenant avec gravité, parce qu'il ne plaisante pas avec ces choses-là, le phénomène de surrection qui a donné naissance à cette région tourmentée près de quarante millions d'années auparavant.

Quarante millions d'années. Ces chiffres ne me coupent plus le souffle comme autrefois, quand j'essayais de construire une échelle du temps sur le sol de ma chambre, une allumette pour mille ans, et que je me rendais compte avec effroi que mes bras écartés ne parvenaient pas à toucher à la fois le présent et la naissance des montagnes. Il aurait fallu pour cela avoir des bras qui allaient jusqu'à la grange. Et bien plus loin encore, jusqu'au verger des pêches, pour effleurer un diplodocus. Je ne pouvais pas y aller de toute façon, au verger des pêches, parce qu'il aurait fallu traverser le salon où mes parents criaient. Alors je resserrais mes allumettes, je poussais les meubles pour ne pas avoir à quitter ma chambre.

Vieux, ce plateau, parce qu'il a quarante millions d'années ? Le dragon de Leucio a vécu cent millions d'années *avant* sa formation. Je me suis habitué à ces grandeurs. On s'habitue à tout, aux collisions de planètes, aux continents qui bougent, aux trilobites tellement lointains sur mon échelle du temps que nous n'étions plus sur la propriété de mon père mais dans le jardin de l'abbé Lavernhe.

Plus rien ne me surprend. C'est peut-être pour ça que je me sens parfois triste. Ou alors c'est que dans la famille, comme l'affirmait ma mère, on a la tristesse dans les veines.

Nous campons ce soir tout au bout du plateau. À cet endroit, il rétrécit brutalement et vire plein est, ce qui donnait de loin l'impression qu'il s'agissait d'un cul-de-sac. Au fond de cette gorge noire, l'ascension finale nous attend.

La nuit est tombée, l'air s'est allégé. Umberto fredonne une mélodie traditionnelle sans s'en rendre compte. Des points de feu scintillent derrière nous sur les pentes – ce sont les bergers que nous avons vus à distance durant la journée. Silhouettes longues et mutiques, ils ont répondu à nos saluts d'un geste qui ressemblait à une bénédiction.

Je me serais bien endormi comme ça, le menton sur les genoux. Impossible. Peter parle sans discontinuer, détaillant les formations rocheuses qui nous entourent avec son zèle de prêcheur.

— Typiquement anatexiques… *hervorragend* exemple de migmatites… et cette zone de clivage là-bas…

Un chant s'élève, lunaire, glisse sur l'horizon. Une autre plainte fuse, puis une autre encore, un chœur guerrier que mes gènes de primate n'ont pas oublié. Pas de paroles, mais le message est clair. *Cours, idiot.*

— Vous avez entendu ça ?

— *Ja. Wölfe.*

— *Wölfe ?* Il y a des loups, *ici* ?

— *Ja.* Ou alors de grosses marmottes.

Les autres s'esclaffent. Pas moi.

— Il y a des loups et c'est tout ce que ça vous fait ?

La voix d'Umberto se superpose à celle, rassurante, de Gio.

— Les bergers ne les craignent pas. Un seul de leurs patous peut tenir tête à plusieurs loups. Les attaques sont rares.

— Et là-haut ? Nous n'aurons pas de chiens, nous.

Les loups et moi, c'est une vieille histoire. Petit, je les entendais couler en hordes silencieuses des pentes au nord de la ferme, leurs yeux clignotaient dans mon placard, sous ma commode, ils se faufilaient dans les fissures, ils se glissaient partout où la nuit existait et notre maison en était pleine, de fissures et de nuit. Je ne pouvais plus rejoindre le lit de maman parce qu'à six ans, avait décrété le Commandant, c'était pas question, c'était un coup à en faire une *femneta* ou, pire, une tante.

Gio se met à rire. *Loe no in é, agnoche son drio a 'sì.* Il n'y a pas de loups où nous allons, nous explique-t-il, à moins qu'il ne leur ait poussé des mains pour grimper une via ferrata ou qu'ils connaissent un passage que lui ignore. Le vieux guide se penche, ramasse un schiste et le fait tourner sous mon nez.

— Tu veux avoir peur de quelque

chose ? Tu peux avoir peur de ça. Elle te brisera le crâne. Elle se décrochera sous ta main. Elle t'ouvrira en deux, elle t'ensevelira, elle t'écorchera vif. Ici, la pierre est plus dangereuse que les loups.

Marcher sans penser.

Nous avons laissé la couleur derrière nous. Tout est gris, même le vert des lichens. Le chemin, bordé de pentes ruisselantes de cailloux, remonte le fond d'un immense sillon. Si la montagne voulait nous entraîner dans un piège, elle ne s'y prendrait pas autrement.

Ou alors, penser à autre chose qu'à la fatigue.

La roche chante, tinte à chaque pas comme du cristal. Parfois elle se défile, une fuite liquide imprévisible au pied et c'est le genou à terre, la main ouverte par une arête tranchante.

En 1879, Charles Marsh découvre une espèce qu'il baptise brontosaure.

Une forme émerge du néant, un

grisaillement sur l'horizon. Tout à coup elle est là. Une face rocheuse où se cassent vents et oiseaux, un rugissement de pierre lancé vers le ciel, trois cents mètres plus haut.

Les collègues de Marsh – je les connais bien parce que j'ai les mêmes – soulignent que la tête manquante du fossile ne permet pas son identification formelle. Ils décrètent que le squelette n'est que la version adulte d'un jeune apatosaure découvert par ce même Marsh deux ans plus tôt, et non une nouvelle espèce. On se serre la main, on se met d'accord : le brontosaure n'existe pas.

Le villageois décharge les montures, qui repartent presque aussitôt en sens inverse.

Le brontosaure n'existe pas, jusqu'à ce que quelqu'un prouve le contraire. Tous les paléontologues donneraient père et mère pour en trouver un. En tout cas, je donnerais mon père, sans hésiter. Mais pour en trouver un, il faut…

Monter la via ferrata : des barreaux de métal piqués telles des agrafes dans le granit, des barres transversales marquant un cheminement latéral encore invisible de là où nous nous tenons. Des milliers de pieds ont façonné ce chemin avant les nôtres, cette route du vertige où passaient sel, tabac, huile et les hommes aussi, ces bras qui allaient se vendre pour une saison de misère aux saliniers d'Aigues-Mortes.

Tu vas mourir ici. Il n'y a pas de place pour les faibles. Tu vas mourir dans le vide avec tes rêves de contrebande. Et si le vide ne te tue pas, les loups le feront.

Peter, Umberto et Gio se sont harnachés. Le guide vérifie l'équipement des deux autres avant de s'occuper de moi. Il travaille sans me regarder, la corde jaillit tel un serpent dressé entre ses doigts, m'enserre la taille, l'aine, la taille de nouveau.

Dis-leur d'aller se faire foutre. Tu ne peux pas escalader ça.

— Ça va, Stan*è* ? Tu es tout blanc.

— Un peu essoufflé, c'est tout.

— Nous laissons les bidons d'huile. Gio reviendra les chercher pendant que nous travaillerons.

— *Welch eine unglaubliche Landschaft !* Quel paysage incroyable ! J'ai hâte que Youri voie ça.

Parfum d'oxyde. Les premiers échelons

de la via ferrata sont glacés et je ne sais pas encore que notre expédition comptera un cinquième membre.

Val d'Enfer, Corne du Bouc, cette région résonne de la présence du diable, et je commence à comprendre pourquoi. À chaque pas, à chaque barreau que je monte dans un souffle de rouille, le poids de mon corps double. La peur me ferraille le cou et les épaules.

Un arrachement interminable à la pesanteur. Cette ascension n'est pas si différente de mon enfance, au fond. Quand j'annonçai à mes parents que je voulais devenir paléontologue, le Commandant me balança une gifle qui me fit sonner les oreilles jusqu'au soir et me dit d'arrêter de me donner des airs. Je reprendrais l'exploitation familiale, un point c'est tout. Je m'ouvris de mes ambitions scientifiques au bon abbé Lavernhe, mais le représentant de Dieu et de ses anges dans notre paroisse était plus préoccupé par l'entraînement de l'équipe de football locale que par la science. Toutes les réponses dont un homme avait besoin étaient soit dans la

Bible, soit dans la rubrique Sports de *La Dépêche*, et il était inutile de « *m'espoumper la cape de mul de craques pour bestiou* » – de me bourrer le crâne de fadaises pour imbéciles.

Un jour, je voulus savoir pourquoi le Commandant n'aimait pas les fossiles. Ma mère m'expliqua avec gravité qu'il fallait être beau pour les voir, les voir vraiment. Elle me chargeait de courses lointaines dont les détours me permettaient de fouiller les champs environnants. Je cachais mes trouvailles dans le placard à linge et nous les admirions ensemble à la faveur de la lune. C'est vrai qu'elle était belle.

Un échelon, encore un. Lâcher l'échelle principale pour saisir une rampe et suivre une anfractuosité large comme le pied. Le pire moment, celui qui me fait danser du rouge dans les yeux et qu'il faut pourtant reproduire encore et encore, c'est lorsque je détache le mousqueton qui me retient à la vie pour le placer sur un autre filin, un nouveau barreau. Dans cet interstice le vertige s'engouffre, il glisse entre mon corps et la paroi et fait levier pour m'en détacher. Au-dessous de moi, Peter chantonne en montant. Surtout ne pas baisser les yeux. Une seule fois et ce sera la fin.

Allez, encore un échelon.

Bloqué. Si près du but que c'en est risible. Plus qu'une échelle, dix mètres et c'est le sommet. Mais si je déroule seulement une phalange, je meurs. Depuis une heure, Umberto et Peter redescendent à tour de rôle pour m'encourager, me fustiger, me raisonner : je ne peux pas tomber. Même si je tombais, le mousqueton me retiendrait. Une corde ne casse pas, ou « très rarement », précise Peter avec une rigueur scientifique qui me donne envie de le tuer. Gio fume sur la crête, les jambes dans le vide. On dira ce qu'on veut, je ne suis pas le plus fou de cette expédition.

Dix mètres plus haut, les trois hommes se concertent. Gio redescend, rebondissant au bout d'une corde, son reste de cigare entre les dents. Il s'arrête à ma hauteur, en aspire une bouffée qu'il abandonne au vent. Pour une fois, je comprends ce qu'il murmure sans l'aide d'Umberto.

— Prends ton temps. Nous, on repart.

Il remonte aussi vite qu'il est arrivé, aspiré par le ciel. Je suis seul.

Je commence à connaître assez bien Gio pour le savoir sincère. Il est tout à fait prêt à me laisser là, quitte à venir me récupérer pendant au bout de ma corde comme une araignée suicidaire quand je me serai endormi ou évanoui. Cet homme, j'en suis maintenant certain, a la folie des alpinistes, et je me remets à grimper.

24 juillet. À mes pieds, l'endroit que j'imagine depuis des mois. C'est un plateau très allongé, la cour d'une forteresse dont nous venons de franchir la muraille. Les pentes intérieures sont escarpées mais praticables, le fond recouvert d'une herbe rase dont le vert éclatant surprend l'œil. La forme du cirque, théorise Peter, doit accrocher les nuages et favoriser les précipitations. J'appelle l'endroit « cirque », « cour », « plateau » car je construis une légende et que ces mots me paraissent plus évocateurs que « combe dans un pli anticlinal », le nom qu'il faudrait donner à cette structure géologique.

Si j'ai vu juste, si Leucio n'a pas menti, il suffira d'un coup de fil à un collègue anglais pour mettre la machine en branle.

Les articles scientifiques, les oh et les ah, les mondanités que je ne détesterai plus. Fini le bureau jaune dans les oubliettes d'une université française. Fini l'ourlet gauche plus long que le droit, les regards qui me traversent, les mains qui m'ignorent. J'emmènerai Mme Mitzler voir Deller à l'opéra, puis nous entrerons dans un restaurant chic, la Tour d'Argent peut-être, et lorsque je demanderai s'ils servent encore, parce qu'il sera tard, ils me diront bien sûr monsieur, pour un client comme vous. Je brûlerai des cierges pour ma mère, toute la nuit, tout le jour, dans toutes les églises du monde, tant qu'il y aura de la cire.

Le soleil tombant fait scintiller le glacier qui ferme le côté opposé de la combe, notre but ultime. Déjà, Gio entame la descente le long d'une série de replats. Peter le suit, Umberto m'adresse un hochement de tête tout en bajoues et leur emboîte le pas. Je m'attarde, ému. Je viens de voir passer un aigle.

J'ai dû *baisser* les yeux pour le regarder.

Gio nous a servi un fond de prune pour nous récompenser de nos efforts.

Ma main tremble, crispée sur le quart de métal. C'est le contrecoup de l'ascension. Mon esprit prend enfin conscience de l'ampleur du défi et me le fait payer. Mauvais joueur.

Il n'y a rien à faire, rien d'autre que d'attendre. La combe, autour de nous, est un bloc d'obsidienne. Le silence est absolu, il nous emplit la bouche et nous colle aux dents. Nous sommes la seule trace de vie dans un monde de prière. Même notre feu brûle en silence pour ne pas déranger.

La tente principale, celle qui abrite nos vivres, est montée dans un lieu protégé des éboulis en été, des avalanches en hiver, loin de ces mille arêtes invisibles à l'œil du profane où la foudre aime faire courir ses doigts brûlants. Nous disposons de provisions pour une éternité – essentiellement de la viande et des fruits séchés. Tous les trois jours, un villageois déposera des produits frais que Gio ira chercher au pied de la via ferrata. Notre équipement, piolets, masses, burins et autres objets métalliques, est stocké bien à l'écart sous de grandes bâches huilées. Nous avons chacun notre tente, d'une forme que je n'ai jamais vue. Les arceaux, en noisetier façonné par Gio, sont courbes. Le vent n'a pas de prise sur elles, nous a-t-il expliqué. *Ma canche tira vento, tegnìve dura ra vostra anema.* Mais quand le vent souffle, accrochez-vous à votre âme.

Le glacier est à une heure de marche. Si notre dragon voulait jouer à cache-cache avec nous, pour la forme, je ne lui en voudrais pas. Je n'ai pas compté pendant si longtemps, un bras sur les yeux, pour le découvrir tout de suite, la queue dépassant d'un placard.

Ma main tremble moins. Le feu s'est endormi, bercé par ses craquements. Gio le ranime d'un coup de pied, l'éperonne d'une demi-bûche. Le feu sursaute, ça va, ça va, il est réveillé, danse la tarentelle d'un bois à l'autre. Umberto porte la main à sa poche, hésite, finit par en sortir une photo qui tourne autour du brasier et m'arrive dans les mains. Un portrait en noir et blanc d'une jeune fille aux traits un peu lourds et aux yeux vifs, une fée paysanne.

— Ma fiancée.

Stupeur. La Terre tremble sur son axe.

— Ta fiancée.

— *Sì.* Je me marie cet hiver.

— Tu es amoureux, toi ?

— *Sì.*

— *Toi*, le type qui voulait connaître la pointure de Dieu ?

— Laura m'a dit la pointure de Dieu.

Laura travaille comme Umberto à l'université de Turin. Je n'ai pas imaginé qu'il se marierait un jour et je serais bien en peine d'expliquer pourquoi. Les longues heures au laboratoire ? Beaucoup de nos collègues y passent autant de temps et ont une famille parfaitement normale, femme, enfants, maîtresse. J'ai été marié moi aussi, une malencontreuse collision d'existences qui ne vaut pas d'être mentionnée. Mais Umberto ? Umberto est une montagne. C'est comme si le mont Blanc tombait amoureux d'Audrey Hepburn.

Peter se lance dans un hymne guttural. Gio réagit par l'expression de joie la plus délirante que je lui aie vue : un léger plissement des yeux, l'intention du sourire que ses lèvres ne savent pas exprimer. Il nous ressert un peu de gnôle.

Umberto, amoureux.

Pourquoi pas, après tout ? Qui dit que les montagnes n'ont pas de sentiments, elles qui rougissent au lever du soleil ?

Un glacier, de près.

C'est un spectacle qu'il faut avoir vu une fois dans sa vie : la Terre bâille une langue énorme, crevassée, se lèche avec curiosité et attrape au passage, si elle y parvient, les alpinistes qui osent s'y risquer. Plus d'une histoire s'est effondrée là, dans un grand craquement bleu, dans le silence dur de cette mer sans poissons.

La moraine se dérobe sous nos pieds, deux pas en avant, un en arrière. Plus de souffle quand nous touchons la glace. S'asseoir. Chausser les crampons – impossible de poursuivre autrement.

— Là !

Nous l'avons aperçue en même temps que Peter : l'ouverture noire dans la paroi à environ trois cents mètres. J'amorce un mouvement, Gio me retient. Il touche du pied l'étendue de neige, blanche et tendre comme un édredon – elle s'effondre dans un soupir. En dessous, le glacier ouvre sa gueule avide, un dégradé d'azur et d'aigue-marine qui donnerait presque envie, tant il est beau, de s'y jeter quand même. Gio m'a sauvé la vie.

Nous avançons maintenant encordés, appuyés sur nos piolets. Pommettes brûlantes, la peau des doigts qui craque comme un vieux gant, un pas en coûte trois. Voilà la neige, la vraie, pas la poudre aimable que Pépin et moi adorions déranger : celle des glaciations, des hivers éternels. Une heure plus tard, la grotte n'a pas bougé – elle est plus lointaine que je ne l'avais cru. Mes trois compagnons avancent comme les mulets qui nous ont accompagnés depuis le village, en dodelinant de la tête, dans le bercement lent de leur propre mouvement.

Soudain, je l'entends. Sous nos crampons, le glacier chante. L'oreille entraînée de mes camarades en perçoit la musique, en respecte la cadence. Moi, je danse sur un faux temps, j'écrase les orteils de la planète. Peu à peu, mon pas se règle sur celui des autres. Ma technique s'affine, ma respiration aussi. Mon regard n'est plus sur l'horizon mais sur mes pieds. Ils mesurent la montagne.

J'admire Umberto plus encore que les autres. Gio est petit et sec, Peter est un freluquet, on ne s'étonne donc pas de voir ces deux-là évoluer avec aisance. Du haut de ses deux mètres, Umberto est un univers à lui tout seul, une tour de garde qui refuserait de rester en place. Il est pourtant d'une grâce que la logique peine à comprendre. Il s'enfonce à peine dans la neige. On dira que l'altitude me grise. Ou plus prosaïquement, qu'Umberto a des pieds comme des raquettes. Non, il y a autre chose en lui, l'impression qu'il se meut dans plusieurs dimensions en même temps et parvient à y répartir son poids. Il pèse à peine sur notre monde.

Trois heures après avoir quitté le campement, nous arrivons enfin à la verticale de la grotte. L'ouverture est plus haute que je ne le pensais, à une dizaine de mètres au-dessus de la glace. Gio sort cordes et pitons de son sac et nous fait signe de nous harnacher.

Titanosaurus stanislasi. Tu ne m'auras rien épargné.

Quatre hommes se pressent autour d'un feu. Une nuit immense leur colle au dos et les pousse vers les flammes. Le guide de haute montagne se reconnaît à son indifférence, à sa manière évidente d'être là, presque ennuyeuse, comme le rocher sur lequel il est assis. Les autres sont des intrus, figures grotesques, des scientifiques. L'un d'eux est allongé, le pied sur un sac.

La grotte n'en était pas une, simple faille remplie d'ombre par l'axe du soleil et de promesses de gloire par nos esprits surchauffés. Sur le chemin du retour, Peter a voulu escalader une paroi à mains nues, contre l'avis général, pour étudier une veine de quartzite. En se hissant à sa hauteur, il s'est retrouvé nez à nez avec un scorpion – mort – et a lâché prise. La foulure n'est pas trop grave, un simple jaunissement de la cheville avec un beau tourbillon de pourpre autour de la malléole. Il sera immobilisé quelques jours, incapable de nous aider.

L'Allemand a senti ma colère – il n'ose plus m'adresser la parole. Même le visage géologique d'Umberto est empreint d'agacement. Mais dans un lieu si loin du monde, il est dangereux d'ajouter du silence au silence. Il pourrait devenir trop lourd, s'effondrer sur lui-même et nous étouffer. Gio fait tourner son alcool de prune, celui qui délie les langues.

Dès le lendemain, nous délimiterons la zone de recherche, définie de manière vague par les deux seules constantes dont nous disposons grâce à Leucio. Un, la grotte se trouve au pied du glacier. Deux, on aperçoit depuis l'entrée trois sommets pyramidaux. Nous les avons repérés aujourd'hui, ils sont visibles depuis une zone plus étendue que prévu. Ils devraient tout de même nous permettre de limiter nos recherches à une section d'environ deux cents mètres de long. Au pis, trois cents. Après ça, nous nous heurtons à une falaise de glace, l'auge du glacier : trop haut pour correspondre à nos indices.

Nouvelle rasade de prune, Peter lève

une main d'écolier pour réclamer la parole. Il a effectué une simulation avant de venir, les nouvelles sont bonnes. Ce type de glacier, à cet endroit et sous ce climat, devrait n'avoir connu qu'un déplacement minime, voire nul, au cours du siècle passé.

— *Natürlich*, il s'agit d'une pure spéculation statistique. Ce glacier-là a pu se comporter de manière complètement différente. Les forces à l'œuvre dans le mouvement d'une telle masse auraient aussi bien pu boucher l'entrée de la caverne.

— En gros, dis-je avec humeur, vous n'êtes sûr de rien.

— Si j'étais sûr de quelque chose, je serais Dieu.

Soudain, je voudrais rire. Le menton dressé de Peter me rappelle un gosse d'un autre temps, une nappe à carreaux rouges et blancs. Dommage que je sois si pudique, mes amis. Dommage que je sois pudique, ou je vous dirais ceci.

Je suis parfois maladroit. Blessant, bourru, bête même. Réservé, froid, méfiant. Empoté et désespérant. Mais je ne suis pas un mauvais bougre. J'ai la gentillesse ébouriffée des abeilles, je pique parfois sans m'en rendre compte la main qui m'approche, parce que je crois par habitude qu'elle va m'écraser. J'aimerais que vous le sachiez.

— On le sait, Stanè. On le sait.

Foutue prune qui fait parler à voix haute les hommes pudiques.

Je suis allé me coucher le dernier. Je suis resté un instant assis devant ma tente, confortablement enveloppé dans la même noirceur que la veille. On n'y voyait rien et c'était bien comme ça. Il n'y avait rien à voir de toute façon, rien d'autre que les sommets gris qui empierraient l'horizon.

Puis les nuages se sont déchirés, sans crier gare ils ont battu en retraite sur un grand ciel lavé. La lune était pleine mais la vraie beauté n'était pas là-bas, galactique et lointaine. Elle était devant moi, sur les ubacs et les adrets. Le cirque entier s'était paré de centaines et de centaines de rubans d'argent jetés sur ses crêtes, disposés sur ses pentes, une fête de village à l'échelle d'un paysage. C'étaient les ruisselets qui descendaient des cimes, ces glouglous anonymes auxquels les hommes ne donneraient un nom que plus bas, dans leurs vallées lointaines, s'ils arrivaient jusque-là. Ils étaient encore minuscules, craintifs et terrés dans l'herbe. Certains mourraient d'évaporation, d'autres s'égareraient, d'autres encore seraient bus par des gosiers avides. Les plus forts s'uniraient, balaieraient des régions entières et feraient monter les océans. Je n'y avais pas prêté attention dans la journée. La lune en faisait des seigneurs, et je me suis aperçu avec surprise que l'un d'eux coulait à deux mètres de ma tente. J'ai glissé la main dans l'eau. Je l'ai sentie qui acceptait mon jeu, qui mordillait mes doigts avec un rire d'enfant avant de continuer son chemin.

Va-et-vient du couteau sur le pain, étale un bon beurre jaune.

— Ta mère est morte.

Mon grand-oncle m'annonça la nouvelle au petit déjeuner. Il était venu spécialement d'Espagne, le pays de maman.

— Tu dois être courageux. Tu es un homme, maintenant.

J'avais neuf ans.

— Un truc... foudroyant. Un genre de maladie de l'âme. Tu comprendras plus tard.

Je comprenais déjà. Qui n'avait pas l'âme malade dans la maison de mon père ?

Nous revenions de deux jours à Pau. Le Commandant nous avait emmenés à la foire agricole dans la grande carriole. *Je préfère casquer l'hôtel et vous avoir à l'œil que de pas savoir ce que vous manigancez quand j'ai le dos tourné.*

Pendant qu'il était à la foire, maman m'invita au cinéma. Juste elle et moi. Ce fut mon premier film, Méliès, *Les Hallucinations du baron de Münchhausen*. Les gens riaient, criaient et ma mère avec eux, je ne l'avais jamais vue comme ça. Onze minutes de bonheur.

— Regarde, Stan ! Un insecte géant ! Et là, un dragon ! Regarde, Stan, un éléphant à lunettes !

C'est vrai, il y avait déjà un dragon dans cette histoire. Mais je m'en foutais. De lui, de l'éléphant à lunettes. Je ne les regardais pas, je la regardais *elle*, dans les hoquets de lumière et de poussière qui éclaboussaient la toile. Elle s'était maquillée en secret juste après le départ du Commandant ce matin-là. Elle ressemblait à une actrice.

Aujourd'hui encore, pour moi, *Les Hallucinations du baron de Münchhausen*, c'est un gros plan de onze minutes sur le visage de maman.

Maman a des yeux d'Amérique. C'était elle qui le disait, quand je lui demandais d'où venait leur couleur. Elle avait raison. Ces arrière-pays dans lesquels je me perdais, ces canyons étoilés, n'étaient pas d'ici. Elle affirmait avoir vu des baleines, des vagues hautes comme des clochers, des fleurs qui gobaient des abeilles. Le Commandant lui avait interdit de raconter ses bobards, il n'y avait pas de baleines en Espagne, et surtout interdit de parler pendant que nous bouffions, les rares moments que nous passions ensemble. Alors nous bouffions en silence. Mon père était content. Il ne voyait pas les regards secrets qu'elle m'offrait, mes yeux qui embarquaient dans les siens, il ne voyait rien de rien. Et il rotait tranquillement pendant que j'explorais l'Amérique.

Après la séance de cinéma, maman m'emmena au restaurant, un vrai, avec des nappes. Chez nous, elle sortait peu de sa chambre à cause des migraines, et j'avais rarement passé autant de temps avec elle.

— Prends ce que tu veux, Stanino. Mon Nino.

Moi je n'osais pas trop parce que le Commandant nous avait ordonné de ne rien dépenser. Si je prenais une île flottante, c'était la raclée assurée. Il allait falloir choisir.

— Un jour, Nino, c'est toi qui m'inviteras, pas vrai ?

— Oui maman. C'est vrai.

— Tu m'inviteras à Paris. Dis-le.

— Je t'inviterai à Paris.

— Quand tu seras… Comment déjà ?

— Paléontologue.

— C'est ça, paléontologue. Tu m'inviteras à Paris, dans ton bel appartement avec des moulures.

— Et le Commandant ?

— Tu veux qu'il vienne ?

Je murmurai non, la bouche pleine d'île flottante.

— Alors je viendrai seule. On ne lui dira rien.

— C'est quoi des moulures ?

— Un genre de poutre en plus joli. Tu seras peut-être marié, avec une fille comme toi, qui aimera les fossiles. C'est important que vous aimiez les mêmes choses. J'aurai ma chambre, je pourrai y laisser mes affaires. Peut-être même y vivre tout le temps, d'accord ? Ça ne vous dérangera pas ?

— Non, ça ne nous dérangera pas.

Maman parlait fort parce qu'elle était espagnole, mais ce n'était pas pour ça que tout le monde la regardait dans le restaurant. Je l'ai déjà dit, c'est parce qu'elle était belle, vraiment belle, une rousse tout en cassures et en courbes comme une danseuse de flamenco. J'avais entendu des saisonniers murmurer *leyenda* en la regardant du coin de l'œil et en mimant des déhanchements. Même si on ne parlait pas trop espagnol chez moi – le Commandant trouvait que ça faisait ouvrier agricole – je comprenais. *Légende.*

— Tu m'emmèneras à l'opéra. J'adorais y aller quand j'étais petite.

— En Espagne ?

— Non, à Buenos Aires.

C'est là que j'appris que ma mère n'était pas espagnole, qu'elle venait vraiment d'Amérique, ce qui ne changea rien. On continua de l'appeler l'Espagnole toute sa vie. Toute sa vie, c'est-à-dire les quelques jours qui lui restaient avant sa maladie foudroyante de l'âme.

— On ira à l'opéra, tous les deux, il pleuvra et nous aurons des parapluies, chacun le sien. Après, tu m'emmèneras dîner. Des huîtres. Tu me tiendras le bras parce que je serai vieille. Il sera tard. Tu rentreras dans le restaurant le premier, c'est comme ça qu'on fait quand on est galant, et tu leur demanderas s'ils servent encore. Tu sais ce qu'ils te répondront ?

— Non.

— Bien sûr, monsieur, pour un client comme vous.

Une semaine. Nous déménageons notre zone de recherche vers la partie supérieure du glacier. Une semaine et pas le moindre progrès. Temps fou perdu à déblayer la neige. À scruter la pierre et fouiller la rocaille. À ignorer la fatigue et les mauvaises nouvelles. Gio a découvert qu'il était possible de voir les trois pics qui nous servent de repère depuis *l'autre* côté du glacier, au nord. Il nous reste autant de travail que lorsque nous avons commencé. Le souffle, ce foutu souffle qui s'épuise. Temps fou, temps perdu à désespérer. L'air épais et jaune qui ne se laisse pas respirer.

Un soir, de retour au camp, Gio jongle d'un air absent avec un pull en laine noué en boule. Il le pousse vers Peter, qui boitille encore. Peter dévie vers Umberto de sa bonne jambe, Umberto vers moi. La boule de laine tourne, Gio casse le rythme, par-dessus Peter, bousculade, à moi, à moi, quelque chose se passe. Il y a des gosses sur cette montagne. Umberto cadre un tir, l'envoie dans une tente. Tour de stade le doigt en l'air. Peter claudique hors de la tente, dribble Umberto, Umberto se roule par terre en hurlant, l'Allemand passe, frappe maladroite de Stan entre deux sacs posés par terre, incroyable arrêt de Gio, les gradins se soulèvent et nous acclament, un rugissement de marmottes et de vent dans l'herbe. Nous nous effondrons, hors d'haleine, heureux pour la première fois. Partie de football en plein ciel.

Découper, gratter, pitonner.

Août s'est déployé en silence. Gio participe maintenant à nos recherches. Nous auscultons le glacier. À sa place, je n'aimerais pas qu'on me marche dessus, à me piquer constamment à coups de piolet. J'ai peur qu'il ne cherche à se venger.

Découper, gratter, pitonner. Explorer

la moindre fissure, au cas où. En me retournant, j'aperçois notre camp accroché comme une bernacle à la montagne. Ces derniers jours, le paysage a changé de manière spectaculaire. Le vert de l'herbe a viré au jaune. Chaque brin crie et en appelle au ciel de cette injustice. Gio tourne vers l'horizon un regard inquiet – il sait que tôt ou tard, le ciel répondra.

Découper, gratter, pitonner. L'usure menaçait quand Youri est arrivé.

Youri, le cinquième membre de notre expédition. Youri, que j'ai commis l'erreur de croire inoffensif. Il a surgi de nulle part plusieurs jours après nous, tiré à quatre épingles dans son uniforme militaire. Youri et son accent d'exil, Youri l'ami de Peter, qui lisse sa belle moustache noire quand il parle. Youri qui roule les r, il roule d'ailleurs toutes les lettres.

— J'ai été prêtre en Bolivie, mes amis, assassin au Mexique, danseur étoile à la Scala, cordonnier à Paris, roi chez les Pygmées. Quant à mon dernier métier, devinez… Personne ? Si je vous dis Céleste, le célèbre travesti de Berlin ? Eh bien oui, c'était moi. La coqueluche des cabarets de la ville.

Youri est réputé pour ses imitations. Il nous a offert une démonstration, un récital privé. Mesdames et messieurs, Marlene Dietrich.

— *Sag mir Adieu… Dürr wird das Gras, Glück ist wie Glas…*

Voix troublante, bien modulée, presque féminine. Crédible malgré la moustache. Nous avons applaudi, public ahuri, encore sous le choc de son apparition.

— Voyez-vous, chers amis, les rouges n'ont pas digéré mon opposition à la révolution. J'ai tout abandonné en Russie, mes domaines, ma famille. Aujourd'hui encore, ils me traquent pour faire de moi un exemple. Alors je change de ville, d'identité, de sexe. À Berlin, un salaud à qui je devais de l'argent m'a vendu. J'ai rencontré Peter en m'évadant par les toits. Vous auriez vu sa tête quand j'ai traversé sa lucarne !

Peter est un ventriloque de génie. Il donne vie à sa marionnette avec une telle conviction que son histoire me paraît parfois plus crédible que celle de Leucio. J'ai même cru deviner que les préférences de Youri ne le portaient pas vers les femmes.

Je suis trop sérieux, c'est sûr. Je classe tout depuis mon enfance. Le vrai, le faux, ce qui pique, ce qui brûle, ce qui est drôle et ce qui est dangereux, ce qui fait mal et ce qui console, il faut tout connaître pour espérer survivre. Youri, lui, est vertigineux, il saute d'une case à l'autre, il renverse tout comme un chiot fou et dérange l'ordre du monde. Ce matin, en me redressant après avoir chaussé mes crampons, je me suis étonné pendant un court moment de ne pas le voir. Je me suis inquiété pour quelqu'un qui n'existe pas ! Alors je n'ai pas pu résister, j'ai demandé à Peter d'où venait sa marionnette, pure invention, personne réelle, parce qu'il fallait que je comprenne où le ranger. Avec son rire de Marlene, l'Allemand a fait tourner ses mains et chantonné : « Qui sait, qui sait ? »

Youri est devenu, avec sa bonne tête de laine, notre dernier rempart contre la fatigue. Nous l'appelons, il se fait un peu prier, puis il surgit du sac de Peter sous les applaudissements. Hier soir, il s'est tourné vers Umberto :

— Qu'est-ce que ta mère t'a donné à manger quand tu étais petit ? La Sicile ?

Rire en toccata pour orgue d'Umberto. Ridules de Gio. Même moi, le gamin trop sérieux, j'ai ri de bon cœur.

Un géant athée amoureux d'une déesse. Un ancien séminariste ventriloque, un guide qui parle la langue oubliée des montagnes. Si je les avais connus plus tôt, je n'aurais peut-être pas grandi avec un trilobite pour seul ami.

La bataille faisait rage de l'autre côté du mur. Des armées s'affrontaient, ma mère contre le Commandant, il ne pouvait s'agir que d'armées pour faire tant de bruit, tant de cris. La tête sous l'oreiller j'imaginais la scène, les petits soldats éparpillés sur le sol de leur chambre, les cavaliers agonisants, les archers enfoncés par une charge. J'appris plus tard que ce jeu-là se jouait sans soldats.

Un midi les gendarmes tirèrent la cloche de la maison. Le Commandant leur ouvrit, il chassait souvent avec le capitaine, qui avait l'air embêté d'être là. Ils se parlèrent à voix basse, le Commandant les fit entrer lui et ses hommes pour leur servir un coup, avec la neige qui menaçait, il n'y avait pas de mal à se réchauffer, pas vrai les gars ?

Je fis le tour de la table avec la bouteille d'eau-de-vie, prenant soin de ne rien renverser. Les verres disparaissaient dans les pognes, des mains gonflées de force et d'orgueil. Le Commandant désigna la porte, *allez dégage maintenant.*

Une heure plus tard, les gendarmes ressortirent en riant. Le capitaine me salua d'un signe de tête dans son bel uniforme. Je déteste les uniformes.

À leur départ, le Commandant me fit asseoir au bout de la table du salon. C'était la table des grands conciles, celle où on mangeait à Noël et celle où on comptait l'argent. Il trônait de l'autre côté de la nappe, régnant sans partage sur un océan de carreaux rouges et blancs.

— Quel âge que t'as ?

— Six ans.

— T'es assez grand pour comprendre que ce qui se passe dans la famille, ça reste dans la famille, pas vrai ?

J'acquiesçai, il fallait toujours acquiescer quand on entendait « pas vrai ? ». Le Commandant me fixait, penché sur la table comme sur un billot.

— Tu serais pas allé raconter nos

histoires à n'importe qui, par hasard ? À l'école ? Au cureton ?

— Non.

— Je veux dire, on est des gens bien. Peut-être pas parfaits, personne l'est. Ça arrive que quelqu'un se cogne, hein ? Trois bleus ça intéresse personne tant que c'est juste des bleus, tu piges ? C'était pareil pour mon père, pareil pour mon grand-père, ce sera pareil pour tes enfants. C'est comme ça dans les Pires Aînés.

Il se leva pour se resservir, vint se rasseoir près de moi. De grosses veines bleues persillaient la chair de son cou. Il me pinça le bras de ses doigts épais.

— C'est pas possible, un gringalet pareil. Un jour, tu seras fort. Fort comme ton paternel. Ça te plairait, hein ? Pour pousser la charrue ? Pas vrai que ça te plairait ?

— Oui.

— Tu veux faire un bras de fer ?

— Non.

— Allez. Essaie de tenir plus longtemps que la dernière fois. Crochète bien le pouce comme ça. Et tu contractes *avant* la prise, tu piges ? Sinon le moindre salopard te retourne tout de suite. Un, deux…

Il m'écrasa le bras contre la table.

— Putain, c'est pas vrai ! T'es bouché ? Qu'est-ce que je viens de te dire ? T'as même pas résisté ! Allez, on recommence. Et arrête de chialer. Crochète…

Il continua de parler, je ne l'écoutais plus. Mon esprit s'était échappé par la fenêtre, il courait dans la nuit et rejoignit Pépin qui rôdait, Pépin mon roi, mon chiot ivre de pommes, mon gardien crépusculaire.

Vingt et unième jour. Rien sur le bord sud du glacier, celui où j'espérais trouver la grotte. Rien sur la majeure partie de la paroi opposée, d'où l'on aperçoit aussi les trois pics mentionnés par Leucio.

Le soleil tombe. Retour au camp, le pas raccourci par la fatigue. Il ne reste qu'une dizaine de mètres à explorer, l'affaire d'une journée. Il *faut* que la grotte s'y trouve. Quand je repense à mon désir naïf de ne pas la découvrir tout de suite, j'ai envie de me gifler.

La perspective de l'échec fait monter la tension, et Youri s'en donne à cœur joie. Une remarque par-ci, une allusion par-là, personne n'est épargné. Umberto est toujours moqué pour sa taille, Gio pour ses maximes énigmatiques. Peter n'échappe pas à ses attaques – Youri lui demande constamment pourquoi il est encore vieux garçon. Je ne saurais dire si Peter se moquant de lui-même par la voix de sa poupée me terrifie ou m'amuse.

Ce soir, Youri tire sur sa moustache d'un air grave en me dévisageant par-dessus notre feu.

— Cher Stanislas, puisqu'il faut bien penser à l'avenir, je voudrais vous entretenir d'un nouveau projet. Je tiens de source sûre, par le neveu de six ans de mon cousin par alliance Boris, que le père Noël vit au pôle Nord. Vous plairait-il de m'aider à le retrouver ? Vous êtes spécialiste de ce genre d'expédition, non ?

Si les autres avaient ri, j'aurais fait pareil. Mais Umberto baisse les yeux d'un air gêné. Mon assiette valse. Valsent les lentilles et valse le lapin tué par Gio un peu plus tôt, chacun en reçoit sa part, Youri compris, *allez tous vous faire foutre*.

Je m'enfonce dans la nuit. Derrière moi, silence de mort. Je ne reviendrai qu'une fois tout le monde couché, parce que j'ai honte. Parce que cette colère, ce n'est pas moi. C'est une malédiction ancestrale, la laideur du vieux qui coule dans mes veines et qui m'empoisonne.

Quelles sont nos chances de trouver la grotte après trois semaines de recherches, juste dans le dernier carré ? Je ne peux pas en vouloir à mes amis de douter. Même le Christ a eu saint Thomas. Oui, je sais : ce bon vieux Stan se prend pour le Messie. Alors que l'on me cite *une* grande découverte à laquelle tout le monde croyait. La téléphonie, l'aviation peut-être ? Que l'on me cite *un* grand homme compris en son temps. Giordano Bruno ? Brûlé vif. Mozart ? Jeté de nuit dans une fosse commune. Et pourtant, la Terre tourne. Et pourtant, le *Requiem*.

Que Youri se moque, qu'il m'humilie. Qu'on me fasse abjurer, qu'on m'écartèle en place publique, qu'on me crucifie. Qu'on ricane, qu'on m'enterre sans messe ni motet, qu'on crache mon nom dans la poussière.

Et pourtant.

15 août. L'orage tant redouté a enfin éclaté. Il nous fait perdre une journée entière de travail – pas question, par un

tel temps, de s'aventurer hors des tentes. J'en suis presque reconnaissant aux éléments qui m'offrent vingt-quatre heures d'espoir supplémentaire. L'orage nous a valu de voir notre guide en colère pour la première fois. Après avoir fait le tour du campement sous une pluie battante, il nous a ordonné de jeter tout ce qu'il nous restait d'objets métalliques. Peter a d'abord refusé de perdre les quelques pièces de monnaie qu'il avait dans les poches. J'ai cru que Gio allait le frapper et je suppose que Peter aussi – le jeune Allemand a vite abandonné une poignée de lires à la pluie. Ces sonnailles de cuivre lui ont sauvé la vie. Au même instant, l'air s'est chargé d'une odeur d'ozone et nos poils se sont dressés sur nos bras. La foudre a frappé. Un doigt électrique a fait tinter les pièces en plein vol et le ciel a explosé d'un rire gigantesque, amusé par cette partie de ball-trap trop facile. Peter s'est évanoui.

Je n'ai jamais connu pareille tempête de ma vie entière. Nous en subissions autrefois dans mon village, mais elles avaient tellement ragé en descendant des

Pyrénées que lorsqu'elles arrivaient, leur colère était bue. Elles faisaient la grosse voix, c'était tout, et les gens faisaient semblant d'y croire. Alors qu'ici… Ici, nous sommes dans le chaudron où mijotent les tempêtes. J'ai appris aujourd'hui qu'un orage avait un goût, un goût de métal et de pierre qui nous zingue la bouche.

La pluie tombe sans discontinuer jusque tard dans la nuit. La foudre brasille sur les cimes et les écrête, elle remodèle le paysage à coups d'arcs électriques sous un ciel hématome. Je songe au gamin qui s'est égaré là près de quatre-vingts ans auparavant, chassé par un orage semblable. Je l'imagine qui découvre un fossile gigantesque, une queue longue comme la rue où il est né, un cou à brouter les nuages. Il respire à peine, il n'a jamais eu aussi peur de sa vie. Alors il nomme la créature « dragon », parce que même un dragon vaut mieux que le néant. Ils peuvent maintenant se parler, échanger leurs histoires. La pluie finira bien par s'arrêter.

Ce garçon ne sait pas encore qu'il quittera un jour son village, sa famille, ses amis, qu'il cheminera longtemps, comme moi. Il ne sait pas non plus qu'il mourra loin des siens, qu'il fermera les yeux sur une odeur d'égout, dans une ville si dure qu'on n'y laisse pas d'empreinte. Il ne le sait pas et c'est tant mieux.

L'aube me secoue doucement, sous ma tente lourde de condensation. Que s'est-il passé ? Je porte quelque chose en moi qui n'était pas là. Une certitude calme, un picotement dans les doigts. Je sens maintenant, avec cette intuition trop claire pour être seulement humaine, que nous touchons au but. J'ai prétendu n'avoir jamais douté mais je confesse le contraire. Je voulais juste faire bonne figure.

L'air est d'une clarté d'eau. Au bout du plateau, le soleil levant laque le glacier comme une voiture de course, *rosso corsa* sous un ciel bleu de France. Mon ruisselet, qui s'était tari, a réapparu. C'est un vrai petit ruisseau maintenant, un adolescent. Sa voix s'est faite plus grave, même si quelques tintements aigus affleurent encore lorsqu'il bute sur une pierre. J'abandonne un instant mon visage à son accueil joyeux puis, sans prendre la peine de me sécher, je cours réveiller mes amis.

La prochaine fois que l'aube me secouera, je n'ouvrirai pas les yeux. C'est un piège. L'aube ment à ceux qu'elle réveille, à l'homme d'affaires, à l'amoureux, à l'étudiant, au condamné à mort et, oui, au paléontologue aussi. Elle nous remplit d'espoir pour mieux nous décevoir. Le crépuscule, plus vieux et plus sage d'une journée, m'a fait la leçon : j'ai été bien naïf de la croire.

Dix heures. C'est le temps qu'il a fallu, aujourd'hui, pour conclure nos recherches. Il n'y a pas de grotte dans cette combe. Pas de dragon non plus, pas davantage que de marmite d'or au bout d'un arc-en-ciel ou d'affection dans le cœur des pères. Rien que des pieds qui trébuchent au bout de jambes mortes.

Nous cheminons vers le campement en file indienne pour la dernière fois. Gio nous a devancés pour allumer le feu, la nuit tombe déjà.

À peine sommes-nous descendus du glacier que Peter se place à ma hauteur. S'il vient s'excuser pour l'autre soir, c'est inutile. Quand il sort sa poupée, Peter perd parfois pied, aspiré par l'enfance. Je ne peux pas le critiquer, moi qui ai failli me noyer dans la mienne. Elle m'a rejeté à demi mort, luttant pour respirer, au seuil de l'âge d'homme.

— Au sujet de Youri...

— C'est oublié, Peter.

— Je l'ai connu au séminaire.

Peter ne vient pas s'excuser.

— Il vous aurait plu. Youri disait toujours que le destin d'un homme est de partir. Que ceux qui ne partent pas ne trouvent jamais de trésor. D'ailleurs, c'est ce qu'il a fini par faire. Il était fou... Il était fou et c'était mon ami.

J'inspire longuement, je laisse la nuit entrer dans mes poumons avant de la rendre lentement à elle-même.

— Pourquoi vous me dites ça ?

— *Es ist nur eine Geschichte.* C'est juste une histoire.

Tout est calme.

— Qu'est-ce qui vous a fait quitter le séminaire ?

— Envie de changement.

— Peter. Au sujet de l'autre soir… J'ai réagi de manière excessive.

— *Ich verstehe.* Youri est parfois agaçant. Le vrai l'était aussi.

Peter disparaît, absorbé par le noir. Derrière moi, les pas de mes compagnons crissent sur le schiste. Loin devant nous une étincelle naît, vacille, grandit, devient flamme et en rencontre une autre, elles dansent, se marient, forment une grosse famille jaune, nombreuse et rassurante. Gio a allumé notre feu.

Partir. Comme si c'était si simple. J'aurais pu lui dire, à Youri, que certains partent et ne trouvent pas de trésor. Tout le monde n'est pas le cousin Capolungo. Tout le monde ne peut pas réussir à Hollywood. Tout le monde ne peut pas découvrir un dragon.

La déception immédiate est une chose. Mais ma tristesse vient de plus loin. Elle vient du gamin qui, un jour, décida de devenir paléontologue. Pas par goût de l'aventure. Pas pour la célébrité, ou la gloire – même si ces dernières feraient bien mes affaires. Pas davantage pour la reconnaissance de ses pairs ou l'enrichissement, ça non ! Non, on devient paléontologue parce qu'on aime les histoires. Pour en raconter, à soi et aux autres.

J'ai vraiment cru que celle-ci méritait de l'être.

Mes camarades mangent en silence. Peter a eu le bon goût de ne pas inviter le membre fantôme de notre expédition, resté au fond de son sac. Le jeune Allemand a l'air songeur. Je pousse les mots dans la nuit.

— Nous levons le camp demain.

Personne ne bronche. Gio tisonne le feu, les yeux dans les flammes. Sa vie est ici, au pays du rien. Rentrer le lendemain ou dans dix ans, pour lui, c'est presque la même chose. Umberto reste impassible mais je l'ai vu regarder plusieurs fois la photo de sa fiancée ces trois dernières semaines. Je crois qu'il est impatient de la retrouver, si l'adjectif peut s'appliquer à un paléontologue.

Seul Peter s'agite. Détail incongru, sa barbe est la seule à ne pas avoir poussé. Alors que nous sommes tous mangés par nos poils, il arbore un duvet roux qui lui a valu une remarque de Youri une semaine plus tôt.

— J'ai connu des femmes qui avaient plus de poils sur les fesses !

Les dents de Peter tracassent ses lèvres, sa tête balance de droite à gauche.

— À moins que, déclare-t-il soudain.

Normalement, ce genre de remarque finit sur une note ouverte, trois petits points qui chatouillent l'interlocuteur pour le pousser à questionner. À moins que quoi ? Mais Peter a tué sa phrase d'un point final, sec et brutal, comme s'il répugnait à continuer. Pour la première fois depuis que je le connais, son expression d'exaltation permanente a laissé place à l'angoisse.

— À moins que notre glacier soit une aberration statistique, reprend-il après une longue minute.

— Dans quel sens ? demande Umberto

d'un ton docte qui me rappelle qu'il est son directeur de thèse.

— Si, et ce n'est qu'une hypothèse, ce glacier avait évolué à *l'opposé* de la norme pour la période ? Si, au lieu de stagner, voire de reculer, il avait au contraire poursuivi sa croissance ?

Armé d'un bâton, Peter dessine dans la couche de cendres qui entoure notre feu.

— Voici la cassure du glacier, là où nous avons arrêté nos recherches. Cette faille pourrait être due à la conjonction de précipitations abondantes et de l'axe de la pente. Une succession d'hivers particulièrement rudes aurait fait avancer la ligne d'équilibre glaciaire à grande vitesse. Des étés chauds, comme c'est souvent le cas ici, auraient ensuite retardé le *close-off*.

— En français ?

La géologie, la glaciologie sont des disciplines annexes qui m'ont toujours ennuyé, alors qu'elles sont essentielles à mon métier. Moi ce que j'aime, c'est le vivant. Même s'il est mort depuis cent millions d'années.

Peter reprend comme s'il parlait à un enfant :

— Imaginons que notre glacier ait avancé beaucoup plus que nous ne le pensions. Si vite qu'il a cassé sous son propre poids, parce que les couches inférieures n'ont pas eu le temps de se solidifier. Cela signifierait…

— … que nous avons cherché trop bas. Il y a quatre-vingts ans, le glacier aurait été beaucoup plus haut qu'aujourd'hui ! Bien sûr !

J'étouffe Peter dans une étreinte qu'il accueille en riant, avec une raideur embarrassée d'épouvantail.

— Une nouvelle fois, je rappelle qu'il s'agit d'une hypothèse de travail fondée sur la possibilité d'une aberration statistique. En d'autres termes, c'est peut-être de la folie. Mais puisque le temps devrait être clément encore deux ou trois bonnes semaines…

Qu'en pensent les autres ? Umberto ? Sa grosse tête branle comme un rocher en équilibre. Gio ? Il hausse les épaules. Même si je ne l'ai jamais entendu parler un mot d'italien ou de français, il semble comprendre tout ce que nous disons. Je lève un verre imaginaire, parce que le gamin le mérite bien – et que nous avons fini la prune il y a deux jours.

— À la folie, alors. Et à Peter !

Cul sec d'air pur, l'Allemand rougit de plaisir. Je ne suis pas naïf, nos chances restent maigres. Mais j'accueille avec plaisir ce répit, le peloton qui baisse ses fusils en vertu d'une grâce de dernière minute dont tout le monde sait qu'elle sera annulée plus tard. On ne peut pas reprocher au condamné de vouloir passer quelques jours de plus dans sa cellule.

Et puis, c'est peut-être ce qu'il fallait : que mon rêve vacille pour que quelque chose de grand arrive.

Souvenir d'enfance. Un vieux drap sauvé du rebut, tendu entre la table et les fauteuils du salon : mon château de mille tours, une forteresse imprenable au sommet du monde. L'essentiel, c'est d'y croire.

Y croire. Mais d'abord, escalader la falaise bleue qui donne accès à la partie supérieure du glacier, trente mètres plus haut. La chance nous sourit : la paroi sur laquelle s'appuie la glace, à son point de rupture, est sculptée de marches naturelles. Nous l'avons pitonnée et cordée par précaution.

Y croire. La nouvelle zone de recherche est longue de cent mètres à peine si l'on veut conserver les trois pics dans notre champ de vision. À cet endroit, le glacier ne se mêle pas à la roche. Il la longe avec mépris, il moutonne la pierre qui ose lui résister. C'est un chaos de séracs, de blocs de glace parfois grands comme des maisons. Même glacier, autre monde. Redoubler de prudence.

Et y croire encore.

Pendant cinq jours. Pour rien.

Rien d'autre qu'un rêve troué, usé jusqu'à la trame.

Alors se rendre à l'évidence. Renoncer, enfin. Courber l'échine devant plus fort que nous, comme mon trilobite me l'avait appris. Se blottir, dormir longtemps, pour toujours peut-être. Adossé à la paroi, j'ai croqué dans une pomme fraîche. À cette altitude où tout est minéral, son fruité me rappelait un monde de rondeur oublié. Pour la première fois, la perspective de rentrer ne me paraissait plus insupportable. Même si elle signifiait l'échec, le visage narquois du recteur quand je le supplierais de me rendre mon bureau au sous-sol, moi le grand explorateur avec pour seul trophée mes mains échardées de pierre. J'ai fermé les yeux.

— Garrrrrde à vous ! Comment, seconde

classe, vous ronflez pendant votre tour de garde ? *Trrrrois* jours de mitard !

Youri roulait ses lettres et ses yeux-boutons d'un air réprobateur. C'était la première fois qu'il se manifestait ailleurs qu'au coin du feu. Peter l'avait apporté pour nous remonter le moral. Mais aujourd'hui, même Umberto était morose. L'Allemand s'est engagé dans une querelle à mi-voix avec sa marionnette, ultime tentative pour nous amuser.

— Tu ne vois pas que tu déranges ces éminents scientifiques pendant leur déjeuner, idiot ?

— Est-ce que je déjeune, moi ?

— Tu n'as pas d'estomac, sac à mites.

— Répète ?

Les deux en sont venus aux mains, Youri mordant le nez de Peter, Peter tirant les cheveux de Youri.

Quatre adultes en pleine montagne, dont l'un se bat avec une poupée. Peter a le génie de l'absurde.

Au beau milieu de cette arlequinade, un éclat doré a volé au soleil. L'Allemand a poussé un cri, s'est jeté à quatre pattes pour fouiller la neige avec fébrilité.

— La boucle de Youri ! Elle est tombée !

Youri avait un anneau d'or à l'oreille, je ne m'en étais aperçu que récemment. Peter paraissait affolé. Et comme il creusait sans avoir ôté Youri de sa main gauche, la scène donnait l'impression surréaliste que l'humain et la marionnette cherchaient ensemble.

— Je l'ai ! Je l'ai retrouvée... Je l'ai retrouvée...

Sans crier gare, Umberto a bousculé son assistant pour creuser au même endroit. Je me suis un instant demandé si à force de servir d'enclumes au soleil, nous n'étions pas tous en train de devenir fous. Umberto époussetait la neige avec cette douceur surnaturelle qui caractérisait son travail, presque flocon par flocon. Mon vieil ami a tourné vers moi un sourire triomphant, un beau clavier de pianoforte auquel manquait une touche.

Alors je l'ai aperçue. Sous la poudre, une couche de glace lisse et transparente comme une vitre laissait voir, dix mètres au-dessous de la surface, une large ouverture dans la paroi. Gio s'est approché à son tour et, en une inhabituelle expression d'enthousiasme, s'est gratté le coin de l'œil.

J'ai vu des gamins assis en cercle sur le sol moisi d'une cave parisienne, buvant les paroles d'un homme qui sans eux n'était rien, rien d'autre que le vieux qui sortait les poubelles. Il devenait magicien, maître des ombres, et transformait à son gré les murs tristes en paysages cambriens. Le vieux Leucio était un paléontologue de génie.

— C’est *une* grotte. Pas forcément la nôtre.

La caverne s’offre à nous derrière une vitrine de glace d’une transparence stupéfiante, un prisme à base carrée poussé par le glacier pour en garder l’entrée. Selon Peter, ce bloc ne devrait pas se trouver là. Il est d’une densité extrême, typique des profondeurs où s’effectue le *close-off*, l’expulsion des bulles d’oxygène de la glace. La seule explication de sa présence, et du déplacement extraordinaire du glacier en hauteur et en longueur, serait un événement sismique. Un tremblement de terre, confirme Umberto, qui expliquerait aussi la brisure du glacier : le séisme de 1887 en Ligurie. Et si ce n’est pas lui, poursuit le *Professore*, de nombreuses failles mal connues courent sous ces vallées, prêtes à secouer les hommes quand ils s'endorment.

— Vous avez entendu ce que j'ai dit ? reprend l'Allemand plus fort. C'est *une* grotte…

— Oui, oui, on t'a entendu jusqu'à Turin. Pas forcément la nôtre.

Peter a raison. Les phénomènes naturels dont il s'agit sont d'une violence que le profane peine à saisir, comme les temps géologiques ou les distances astrales. Notre grotte n'est qu'un accroc dans un tissu que se disputent des géants tirant à hue et à dia sur la trame du monde. Mais cette cavité est là, plus ou moins à l'endroit où nous espérions la trouver, et s'il est impossible d'affirmer que c'est la bonne, il est tout aussi impossible d'affirmer qu'elle ne l'est pas.

Reste la question d'y accéder. Un contrôle de notre équipement, de retour au camp, a confirmé que si nous étions armés pour déblayer, nous ne l'étions pas pour creuser à une telle profondeur. Nous n'avons qu'une seule véritable pioche. Il faudra utiliser les piolets. Nous forerons un tunnel vertical d'un mètre de large sur environ dix de profondeur, à l'aplomb de l'entrée. Il nous permettra de nous glisser dans la grotte, à supposer qu'elle ne soit pas elle aussi remplie de glace. Toujours selon Peter, c'est improbable. Le bloc qui la ferme l'a sûrement empêchée de se combler. De fait, depuis la surface, son ouverture nous paraît bien noire, bien vide.

Gio se lève. Surprise générale. D'habitude, notre guide s'exprime sans s'annoncer, sans le moindre éclaircissement de gorge, profitant d'un interstice dans la conversation pour y jeter ce qu'il a à dire, aussitôt repris par Umberto. Je me prépare pour une sentence *alla* Gio, une de ces maximes parodiées à maintes reprises par Youri depuis notre arrivée, le tout bien sûr dans ce patois magnifique qui vernit ses mots d'une sagesse ancestrale. Il annonce d'un ton dur :

— *Doa setemanes.*

Deux semaines. Septembre approche, et nous savons ce que Gio veut dire. Après ces deux semaines, impossible de prédire comment le temps tournera. En cette nuit calme, je comprends. L'automne rôde aux portes du plateau. Gio l'a senti. Il sait que la saison a reniflé notre présence, elle aussi. Je crois à mon tour percevoir son souffle, un filament neigeux dans la texture de l'été, qui nous effleure et qui nous jauge. Le compte à rebours a commencé. Car à notre altitude, l'automne n'a pas grand-chose à voir avec celui des plaines. Il n'est pas un simple infléchissement de l'été, un angle qui devient courbe, des journées rabotées et l'édredon qu'on ressort. Ici, l'automne est une bête de chair et de griffes. Quant à l'hiver… Lui, personne ne sait à quoi il ressemble dans ce théâtre de pierre. Si certains sont venus voir, ils ne sont pas revenus ou ils ont gardé le secret.

Umberto et Gio s'entretiennent un instant à mi-voix, puis mon ami traduit :

— Nous disposons d'environ quinze jours. Peut-être un peu plus, peut-être un peu moins. Au moindre signe de neige, nous partons. Gio donnera l'ordre et nous obéirons sans discuter. Nos sacs doivent être prêts à tout moment. Le camp restera là et servira la saison prochaine si nous devons revenir, ou sera démonté dès que le plateau sera de nouveau accessible à la fin du printemps. C'est compris ?

Nous sommes là où se rencontrent les vents, m'a expliqué Umberto juste avant de nous coucher. C'est ce qui rend cette région si instable, ses colères si redoutables. L'automne venu, le grec (que nous appelons chez nous la tramontane) enfonce les flancs du mistral. Ce dernier, un peu benêt, se laisse surprendre chaque année. Et chaque année sa réaction est la même, il se cabre avec un rugissement d'animal blessé et mord le grec au cou, le cloue à terre pour le punir de son impudence. Entraînées malgré elles dans ce combat, les saisons vont et viennent à son gré. Parfois l'été lézarde jusqu'en octobre. Parfois il neige en août.

Je comprends mieux la tension de Gio. Umberto vient de m'apprendre qu'il a perdu son fils quinze ans plus tôt dans une vallée voisine, du côté italien. Carlo guidait une cordée anglaise lorsque la neige les a pris. L'un des Anglais a rebroussé chemin. Les autres, persuadés qu'il s'agissait d'un caprice de la météo, ont insisté pour continuer. Refusant d'abandonner ses clients, Carlo a disparu avec eux, corps et biens. Il appartient désormais à la montagne, comme tant d'autres avant lui. Est-ce pour cela que Gio y passe sa vie ? Court-il les chemins d'un pèlerinage sans fin ? Ou espère-t-il secrètement que les cimes lui rendront un jour la dépouille de son fils ? Qu'une fonte précoce le déposera au bord d'un sentier, endormi sur le flanc dans ses vêtements démodés ?

Umberto s'éloigne de quelques pas pour se soulager dans la nuit. Dos tourné, j'étudie notre camp. Gio est penché vers le feu, la tête légèrement de côté. On dirait qu'il écoute. Entend-il, dans les craquements du bois, des oracles auxquels je suis sourd ? Plus je fréquente cet homme, plus il m'impressionne. Il est plein d'une absence de désir. J'aimerais pouvoir dormir du même sommeil que lui, une mort douce dont je ressusciterais tous les matins à l'heure du petit déjeuner. À moins que je ne l'idéalise. Ses songes sont peut-être peuplés du visage de son fils qui s'endort doucement, dans l'or Giotto de l'aube, à une poignée de minutes du soleil salvateur.

De l'autre côté du brasier, Peter est courbé sur sa marionnette. Il la recoud, un demi-sourire aux lèvres. J'entends à la faveur du vent qu'il fredonne une berceuse. La scène est paisible, elle ne me surprend plus. Après un mois dans cet univers hostile, nous formons une famille. Une vraie, pleine d'étrangeté et d'incompréhensions.

— Berti ?

Derrière moi, Umberto se rapproche de ce pas léger qui déroute tout le monde, y compris la pierre sous son pied.

— Oui ?

Du menton, je désigne Peter, occupé à démêler les cheveux de sa poupée.

— Il est quand même un peu spécial, non ?

— Stan*è*, Stan*è*… Où est passé ton sens de l'humour ?

— Je n'ai jamais eu le sens de l'humour. Tu le sais très bien.

— Certains fument, d'autres font du vélo, des mots croisés… Peter, c'est ça. Sa marionnette.

— Je préférerais qu'il fume.

— *Tranquillo*. C'est un très bon chercheur. Et il n'a que vingt-deux ans.

— Ça n'excuse pas ses gamineries.

Umberto a un drôle de sourire.

— Non. Les gamineries, c'est parce qu'il est amoureux.

— Elle l'attendra.

— De toi.

J'entends le rire du Commandant, son grand brame goguenard quand il parlait de ces hommes qui n'aimaient pas les filles, de ce qu'on faisait à ces types quand on en attrapait un, et que si Stan est un mordeur d'oreiller avec ses histoires de fossiles, si Stan est une tapette, une fiotte, un chevalier de la rosette, on lui fera passer l'envie vite fait.

— Tu veux dire qu'il est…

— Je ne sais pas ce qu'il est, *non m'importa*. Je parle d'amour intellectuel. Peter t'admire. Je lui ai tellement parlé de toi qu'il mourait d'envie de te rencontrer. Il veut juste t'impressionner.

— Qu'est-ce que tu lui as dit ?

— La vérité. Que tu es un ange les jours pairs, un salaud les jours impairs, et le meilleur paléontologue que je connaisse.

— S'il veut m'impressionner, il s'y prend mal.

— Parce que toi, quand tu veux impressionner quelqu'un, tu t'y prends bien ?

C'est là que j'ai pensé à Mathilde.

Mathilde venait chaque année, comme beaucoup de ces gamins qui gonflaient la population de notre village l'été, parce que leurs parents y avaient une maison, ou pour respirer notre bon air. Nous errions tous en une bande lâche sur les cours poussiéreux, une nébuleuse dont le centre était constitué par les plus populaires. Moi j'étais en marge, comète insignifiante, je suivais parfois sans être remarqué, je faisais mine de me joindre à leurs jeux.

À cet âge les filles sont toutes belles. Mais elle l'était le plus. Et après quatre étés, celui de mes treize ans, j'ai osé lui parler. J'ai dévié de ma course, je me suis approché du soleil et je l'ai invitée à venir voir ma collection de fossiles, sur la colline où se dressait la petite chapelle

Notre-Dame des Lavandes. Je ne pouvais pas la faire venir à la ferme, à cause du Commandant.

Je ne m'attendais pas à ce qu'elle accepte. De bien moins jolies qu'elle avaient refusé. Quand elle a dit oui, même si tout explosait dans ma tête devant tant de beauté, j'ai haussé les épaules et j'ai répondu : « Ciao, à demain alors. » Je suis rentré en courant, je brûlais d'envie de le raconter à tout le monde, mais à qui ? Ma mère n'était plus là pour ça.

Le lendemain, je suis arrivé avec une heure d'avance. Je me suis assis dans l'odeur des lavandes, j'ai disposé mes fossiles sur une serviette de plage, j'ai replié les bords et je l'ai attendue. Elle est arrivée en retard, sans s'excuser elle s'est assise près de moi. Nous sommes restés longtemps sans rien dire, tellement que l'ombre d'un cyprès a bougé en craquant et nous a recouverts.

Alors j'ai déplié ma serviette et je lui ai montré mes ammonites, mes bélemnites et mon joyau, un insecte conservé dans une goutte d'ambre. Elle les a ignorés, elle s'est tournée vers moi et elle a déboutonné le haut de sa robe. Bouche bée, j'ai étudié ses seins, ils étaient petits, d'un blanc pointu perlé de bleu et de rose, j'ai cru que mon cœur allait éclater.

— Qu'est-ce que tu attends ? elle a demandé en souriant.

J'ai baissé les yeux et j'ai fixé très fort la terre, je ne comprenais plus ce que nous faisions là, les drôles d'émotions qui me traversaient. J'ai commencé à nommer chaque fossile d'une voix tremblante. Elle a haussé les épaules, elle a dit : « Comme tu voudras », elle a refermé sa robe et elle m'a tourné le dos.

Pardon, Mathilde, ce n'était pas facile de savoir quoi faire. Personne ne m'avait appris à toucher le vivant. La seule chair que je connaissais était de pierre. J'aurais aimé lui expliquer, mais je n'ai pas trouvé les mots, il m'a fallu des années pour ça. Et de toute façon, je n'en aurais pas eu le temps. Les gars du groupe ont déboulé du bois, je ne sais pas s'ils l'avaient suivie ou s'ils passaient là par hasard. Ils m'ont regardé comme s'ils me voyaient pour la première fois, j'en ai entendu un dire : « C'est qui celui-là ? » Ils ont fondu sur mes fossiles en gueulant. Mathilde, ils l'ont laissée tranquille parce qu'ils la respectaient, ils l'admiraient. Ils devaient tous se demander comment un type comme moi avait fini seul avec une fille comme elle près de la chapelle. Il y avait un Anglais parmi eux, un grand qui venait tous les étés, il a pointé le doigt vers moi et a hurlé « *Fossil Boy* » ! Le surnom m'est resté, Fossil Boy ! Fossil Boy ! on m'a appelé comme ça jusqu'à l'année de mes dix-huit ans, celle où une bourse m'a permis de partir pour de bon. Ils étaient fous furieux, ils ont pris mes fossiles et ils les ont lancés dans la colline. Je les ai cherchés pendant des mois après cette histoire, je n'ai jamais abandonné, je n'en ai retrouvé qu'un. Je me suis constitué une nouvelle collection. J'ai fait semblant de croire que c'était pareil.

J'ai honte de ne pas m'être battu, d'avoir rentré la tête dans les épaules en attendant que ça passe. Mais le pire… Le pire, c'est que pendant qu'ils lançaient mon enfance à tous vents, en ricanant et en hurlant, je me suis tourné vers Mathilde, et j'ai lu de la pitié dans son regard.

Laisse-moi te dire une chose, Mathilde, que j'aurais dû te dire il y a longtemps. Va au diable, et emporte ta pitié avec toi.

Deux jours que j'agresse la glace, le visage fouetté d'étincelles froides à chaque impact de la pioche ou du piolet. Deux jours que mon corps résonne, que mes tendons se filent, que mes os s'effritent. Mes muscles brûlent, chantent, se ramassent. S'étirent soudain et se retiennent les uns les autres pour ne pas céder, pour lever de nouveau l'outil, frapper encore. Je laisse un peu de moi à chaque coup.

Si j'ignore la douleur, si je fournis un effort au-delà de ce que je croyais possible, c'est parce que je songe depuis cinq ans à ce que je verrai en entrant dans la grotte. J'ai imaginé le moment mille fois, je l'ai sculpté, peaufiné, j'ai tissé un décor de nuages au crépuscule, et je crois que tout est bien. J'entrerai, donc, à la tombée du jour. J'apercevrai d'abord la tête. Elle sera posée sur le côté en une attitude patiente, comme un chien qui attend. Cette tête seule me dira à quel dinosaure j'ai affaire – son espèce exacte, au fond, n'a pas vraiment d'importance. L'obscurité me cachera le reste. Je m'enfoncerai dans le noir, lampe levée, redoutant de découvrir que le squelette s'arrête là, après quelques belles vertèbres brunes. Leucio n'aura pas menti et le squelette fleurira, s'épanouira dans la lumière de ma lampe. Je ferai bien attention à ne pas trébucher sur ses pattes, je continuerai d'avancer jusqu'au bout de la queue. Là, je me retournerai. La tête aura disparu dans les ténèbres, trente ou trente-cinq mètres plus loin.

Je l'ai dit, je ne suis qu'un humble raconteur qui souffre d'une malédiction : je suis aphone, parce que je n'ai jamais eu le moindre public auquel raconter mes histoires. Je suis aphone depuis l'enfance.

Mais tendez l'oreille, tous.

Cet animal me rendra ma voix.

Troisième journée de forage. Gio, hier, nous a forcés à rester quarante-huit heures au campement sous prétexte que j'ai chuté deux fois. La fatigue, en montagne, est plus dangereuse que la malchance ou l'incompétence. Nous en avons profité pour mettre de l'ordre, recenser nos provisions, affûter les outils.

J'ai été surpris de découvrir mon ventre presque plat en m'habillant ce matin, sidéré par ce bon vieux corps que je n'ai pas revu depuis près de vingt ans. Ma peau est brune, tendue sur mes muscles. Je me suis asséché comme la viande qui nous sert d'ordinaire.

À l'exception de notre période de repos et de celle où l'orage nous a confinés dans nos tentes, le programme est immuable depuis notre arrivée, il y a plus d'un mois. Lever à l'aube. Une heure plus tard, nous sommes sur le glacier. Nous travaillons jusqu'à neuf heures, où nous nous accordons une pause pour grignoter des fruits secs, puis de nouveau jusqu'à onze heures. Déjeuner, sieste rapide contre la paroi. Le glacier passe à l'ombre en début d'après-midi et nous nous échinons jusqu'à quatre heures avant de reprendre le chemin du camp. Nous dînons vers six heures et nous couchons quand les étoiles se lèvent.

Notre but : excaver un mètre de glace par jour au minimum. À ce rythme, nous pénétrerons dans la grotte début septembre. Chaque heure gagnée peut être décisive, car je nourris encore l'espoir de détacher le crâne et d'organiser son rapatriement – à supposer que le dragon de Leucio soit bien là.

À la fin du troisième jour, nous posons nos piolets. L'automne nous mordille la nuque, rôdant sous un vent froid, trop jeune pour être vraiment méchant. Nous contemplons, haletants, le puits que nous avons percé dans la glace. Il devrait faire trois mètres.

Il fait trente centimètres.

C'est fini. Nous n'y arriverons pas. Nous le savions depuis les premiers coups de pioche mais nous avons continué, animés de l'espoir insensé que la nature de la glace allait changer, que nous allions atteindre une couche plus molle ou nous découvrir, un matin au réveil, dotés d'une force surhumaine. La glace n'a pas changé. Nous sommes restés humains.

Difficile d'imaginer que quatre hommes armés de pics et de leur rage puissent n'entamer que trente centimètres de glace sur un mètre de diamètre en trois jours. Cette glace est d'une densité exceptionnelle, remontée des entrailles du glacier par un hoquet tellurique. Elle cède atome par atome à la morsure des piolets, elle se pulvérise sans jamais se fissurer. On aurait tort de se figurer cette lutte comme un combat entre deux matériaux, le métal et l'eau. Les forces à l'œuvre sont bien plus puissantes. L'haleine du glacier entier, profond de deux cents mètres à cet endroit, contre la volonté de quelques fous. Une onde de froid nous repousse, nous gèle le souffle, les membres et l'esprit. Si nous ne déblayons pas aussitôt la poussière que nous arrachons à la glace, elle se resolidifie presque instantanément. Ce glacier irradie comme un soleil en négatif.

Le calcul est rapide. À ce rythme-là, il nous faudrait près de cent jours pour parvenir jusqu'à la grotte. Même si nous disposions de ce délai, la cadence est intenable. Nous nous sommes bien battus, sans rien céder. Nous méritons des funérailles de généraux.

Car c'est bien de funérailles qu'il s'agit. Sans photo, sans preuve, je ne pourrai pas financer une deuxième expédition. Même si je persuadais le Commandant de m'accorder une avance, je doute d'obtenir les fonds si vite. Pauvre Stan, le voilà qui délire, ricanent les dieux penchés sur cette histoire. Ce vieux salaud ne lui donnera pas un centime, il crèvera plutôt que de l'aider. Eh bien, Stan trouvera l'argent ailleurs !

Mais comment espérer qu'un secret long de trente mètres le restera longtemps ?

Une telle bête attisera les convoitises. Quelqu'un parlera. Quelqu'un à part Gio, bien sûr. Umberto, par erreur. Peter, pour se vanter. Quelqu'un parlera. Le temps de revenir, tout sera fini.

Stan titube comme un homme ivre sur le chemin du camp.

— Pourquoi tu sens pas la fraise ?

Je dévisageai le Commandant, la gorge serrée. Son œil droit tremblait. À huit ans, je connaissais déjà ce signe comme un paysan sa météo : grêle de coups et grands cinglements de ceinture.

— T'es bien allé au village ?

Je hochai la tête.

— T'es allé au village parce que les forains sont arrivés ?

Je hochai la tête.

— T'as plus de voix ? Les rabouins te l'ont volée ?

— Non.

— Alors réponds. T'es allé à la foire ?

— Oui.

— Et tu voulais manger une barbe à papa, c'est bien ce que t'as dit ?

— Oui.

— Je t'ai donné la pièce pour t'acheter une barbe à papa. Dix centimes. C'est pas vrai ?

— Si.

— Elle était bonne ?

— Très bonne.

— Ces putains de Gitans, ils font une sacrée barbe à papa, hein ? Tu pues la fraise à dix kilomètres quand t'en bouffes.

Le Commandant se pencha doucement vers moi pour répéter d'une voix douce :

— Alors pourquoi tu sens pas la fraise ?

— Je me suis lavé la bouche en rentr...

La gifle me précipita contre le bahut. Le goût du sang sur mes lèvres. Je le connaissais bien, mieux que la fraise.

— Réessaie, pour voir.

Je balançai tout. Ma pièce, je l'avais utilisée pour acheter les gélules d'herbes que le pharmacien préparait pour maman, celles qui la faisaient aller mieux. Le Commandant lui avait interdit de dépenser son argent dans ces conneries de charlatan, il avait même menacé de casser la gueule au pharmacien *et* à maman, alors évidemment, on faisait ça en douce.

Il me dévisagea d'un air que je ne lui revis plus, un air plein de compassion.

— Si t'avais pas changé de chanson, je t'aurais cru. La prochaine fois, quand tu mens, mens jusqu'au bout.

Ça n'était jamais arrivé. Et j'aurais sûrement juré, sous la torture, que ça n'arriverait jamais. Impossible. Impensable. Je me suis disputé avec Umberto.

J'errais, désœuvré, pendant que Gio préparait le dîner. Mes pas m'ont amené vers la tente à trois pans qui nous servait de stockage. Bois, outils, cordes, huit gros bidons rouges. *Huit gros bidons rouges.* Comment n'y avais-je pas pensé plus tôt ? Huit fois cinquante. Quatre cents litres d'une huile épaisse comme du sirop, presque réticente à s'enflammer. Quand elle brûlait enfin – je l'avais vue faire dans nos lampes –, elle se consumait lentement, à contrecœur, goutte par goutte. Cette huile était le pendant élémentaire de notre glace, son contraire alchimique.

J'ai rassemblé le groupe, réclamé le silence. Haletant d'altitude et d'excitation, j'ai expliqué mon plan. Le feu. L'élément qui a changé l'histoire de l'homme doit bien pouvoir infléchir la nôtre, qui est si petite. Partant de l'amorce de trou que nous avons creusée, nous ferons fondre la glace en y enflammant l'huile. Roulements de tambour, applaudissements, n'est-ce pas que mon fils est un génie, disait ma mère à qui voulait l'entendre. Mme Mitzler n'était pas loin de le croire elle aussi, parce qu'elle n'arrivait pas à prononcer « paléontologue ».

Mes compagnons, eux, arboraient une moue perplexe.

— Pourquoi pas. Hmm… ce ne serait pas mieux d'attendre la saison prochaine, Stan*è* ?

— Ça fait cinquante-deux ans que j'attends.

— Nous pourrions revenir avec plus de bras. Des outils adaptés.

— Quel meilleur outil que le feu ?

— Le feu, peut-être. Sauf que cette huile-là… elle est brute. C'est une solution sale.

— Propre ou sale, peu importe. Le jeu en vaut la chandelle. J'ajouterai que vous êtes payés pour ça, et bien.

J'ai aussitôt regretté mes paroles. Gio secouait la tête en réponse à je ne sais quel dialogue intérieur. Peter suivait notre échange sans un mot. Je comprenais ce qui se passait, au fond. Tout le monde était épuisé, peut-être même Gio, dont les mouvements s'étaient faits plus pesants ces derniers jours. J'avais, dans mon euphorie, négligé la santé du groupe.

Umberto a parlé de nouveau, me regardant par en dessous.

— Même si nous brûlons cette huile, rien ne dit que nous en aurons assez. Ou que nous aurons fini avant la neige.

Umberto voulait rentrer, après plus d'un mois loin du monde, je le sentais bien. Cette expédition était *mon* rêve, *mon* projet, la gloire ne l'intéressait pas. Et puis, quelle gloire ? Son nom entre parenthèses, une note en bas de page dans un article qui ne parlerait que de moi ? L'argent ne lui importait pas davantage. Il serait sans doute venu pour rien, pour le plaisir de me revoir.

— Tu as raison, Berti. Je vous demande juste de donner une chance à mon idée. Une seule.

Peter guettait la réaction d'Umberto, le menton dressé tel un chien attendant un signal de son maître. Avec un pincement au cœur, je me suis rendu compte que Peter était mon Umberto d'autrefois. J'avais cru que rien ne me manquerait de cette époque minable, je m'étais trompé.

— Si l'expérience ne s'avère pas concluante demain soir, nous abandonnons ?

— Et nous rentrons. Promis.

Dieu merci, Umberto a acquiescé. L'aventure continuait, pour quelques heures encore.

En regagnant ma tente après avoir recompté les bidons, j'ai trouvé mon ami qui m'attendait. Son regard m'a frappé, long et triste.

— C'est *toi* qui finances tout ça de ta poche. C'est pour ça que tu veux rester, pas vrai ?

— Oui. J'ai vendu mon appartement pour couvrir les frais.

— L'université n'a pas approuvé cette expédition. Elle n'est sans doute même pas au courant. Tu nous as menti.

C'est vrai, Umberto, j'ai menti. J'ai appris jeune, c'est une longue histoire, une histoire au goût de fraise qui ne t'intéressera pas.

— Je suis désolé.

— Moi aussi, Stan.

Il s'est éloigné sur un soupir, emportant cette petite syllabe qu'il ajoutait toujours à mon nom, et dont je n'avais jamais compris qu'elle était une syllabe d'amitié, un jeu entre nous.

À cinquante kilos chacun, les bidons sont trop lourds pour être transportés rapidement jusqu'au glacier, et il serait trop risqué de sacrifier nos gourdes en y transvasant l'huile. Faute de contenant, il a fallu vider la moitié d'un jerrican par terre pour l'alléger, et perdre ainsi une vingtaine de litres de combustible. J'espère qu'ils ne nous manqueront pas. La terre boit la tache noire aux pieds de Gio, consterné. C'est un bubon sur sa montagne, presque un affront personnel.

Ça ne paraît pas grand-chose, vingt-cinq litres, comme ça. En altitude, c'est le poids de l'univers. Nous titubons jusqu'au glacier, nous relayant toutes les dix minutes. Notre guide se charge de l'huile pour le franchissement de la paroi finale.

Mauvaise surprise, notre trou s'est comblé de quelques centimètres depuis la veille. Incroyable. Le glacier aspire l'humidité de l'air, il se panse avec. Il se régénère pendant que nous dormons et détruit nos efforts. Il ne l'emportera pas, je le jure. Pas si près du but.

Mes poumons brûlants me rappellent nos premiers jours, il y a une éternité. Mais l'enthousiasme n'est plus le même et la proximité de la grotte, dans son sarcophage de glace, n'y change rien. Elle devrait nous enchanter, elle nous désespère. Je le ressens moi aussi, cet abattement exhalé par la pierre qui nous contamine l'âme. C'est peut-être un moyen pour la montagne de se protéger. Un effluve de mélancolie pour éviter que l'homme ne s'attarde, à la manière de ces fleurs ou de ces insectes dont le parfum écœurant repousse les prédateurs. À moins que ce ne soit pour *nous* protéger. Il est temps de rentrer, les gars. Ou alors.

Gio, Umberto et Peter sont assis près du trou, amorphes. Mes doigts gonflés dévissent le bouchon. Dans la cavité nos vingt-cinq litres s'étalent, mélasse noire, s'amincissent au point d'en paraître cinq. Coup d'œil à Umberto – nous n'avons pas échangé un mot depuis l'incident de la veille. Il ne sourit pas.

Je craque une allumette. Je la lâche dans la flaque.

Victoire ! Ma méthode nous a permis de faire fondre cinquante centimètres en une journée. Un résultat qui peut paraître dérisoire : c'est pourtant cinq fois plus rapide qu'avec nos piolets. Si nous maintenons la cadence, nous atteindrons la grotte dans vingt jours. Peut-être même plus tôt, si nous affinons notre technique. Le problème est que l'huile, en se consumant, crée aussitôt une couche d'eau entre elle et le fond du trou. Cette mince épaisseur, par un phénomène étonnant, isole la glace des flammes. Notre pétrole brûlant flotte sur un coussin d'eau sans attaquer le glacier, et je suis de nouveau saisi de cette étrange impression d'une bête qui se protège, s'adapte à nos assauts. Si nous essayons de retirer l'eau par le dessus, elle casse la nappe d'huile et la sépare en îlots qui finissent par s'éteindre, nous forçant à gâcher du combustible. En fin de journée, Peter a imaginé un ingénieux système de rigoles pour évacuer l'eau par le dessous. Mais il faut l'entretenir en permanence, reboucher les anciens siphons et en créer de nouveaux à mesure que le niveau descend, sans quoi c'est l'huile en feu qui finit par s'enfuir. Un vrai casse-tête.

Les abords du trou sont maintenant une boue noire, mélange de la terre que nous apportons du camp sous nos semelles, d'huile et de glace fondue, le tout piétiné, retourné, mélangé. La combustion du pétrole dégage une fumée grasse, lourde et toxique. J'ai l'impression de violer la montagne pour arriver à mes fins, tels ces maîtres incapables de se faire obéir qui corrigent leur chien à tour de bras plutôt que de faire preuve de patience. Comme le Commandant. Un jour, Pépin avait failli lui arracher la main après un coup de poing de trop sur le museau.

J'ai frappé le glacier au visage, moi aussi. Il aurait le droit de me mordre. Je n'ai pas le choix. Tout passera, tout sera oublié quand nous atteindrons la grotte et que nous trouverons notre dragon. Même Umberto semble s'être rangé à mon avis. Ce soir, au coin du feu, je le vois qui lève son quart en un toast silencieux.

La question n'a pas besoin d'être posée : nous continuons.

Le glacier brûle. Il se contorsionne, il gronde, il craque de colère sous la blessure que nous lui infligeons. Septembre. Notre feu s'enfonce telle une balle dans son corps, laissant couler vers le ciel une longue traînée de sang noir. Le trou fait maintenant cinq mètres de profondeur. Ses abords sont une plaie gangrenée, un cercle purulent de dix mètres de rayon. Nous avons fait la moitié du chemin. Nous descendons, lentement, dans les rêves d'un dragon.

Notre tâche s'est compliquée au cours des derniers jours. À mesure que nous creusons, il devient de plus en plus difficile d'évacuer l'eau de fonte. Impossible d'écoper dans une nappe de pétrole en feu, ce qui nous oblige à une discipline drastique : verser le minimum d'huile possible, enflammer, vider le tout après un quart d'heure à peine même si l'huile brûle encore. Recommencer. Le tout en se servant de gros pitons enfoncés dans la paroi en guise d'échelle de fortune. Pour compenser ce ralentissement, nous avons établi un camp intermédiaire au plus près du glacier. Un traîneau de fortune nous a permis d'y convoyer les bidons.

Chaque soir, je prends soin de nettoyer le fond du puits. Cette glace nous hante et nous tue mais quelle beauté ! Après une journée d'incendie, il suffit de l'essuyer pour retrouver cette transparence de cristal, là, juste sous la crasse. J'y colle mon nez à la lumière du couchant, et aujourd'hui j'ai vu pour la première fois l'intérieur de la grotte. Oh, pas loin, juste un rocher effleuré par un rayon de soleil plus aventureux que les autres, l'espace d'une seconde. Il est passé sur la pierre comme on taquine le nez d'un enfant. La lumière a pénétré le royaume de la mort.

Gio nous a imposé une nouvelle journée de repos. Le glacier est là, à portée de main, il manque seulement au ciel la fumée noire qui me rassure, me souffle que nous approchons du but. L'attente me rend fou, même si je vois bien, aux cernes d'Umberto, aux maladresses qui embarrassent nos gestes, qu'il faut faire une pause. J'entends dans chaque craquement le glacier qui me nargue. Ce n'est plus une chanson, c'est un rire moqueur à chaque centimètre de peau qu'il reconstitue en notre absence.

Mais la vraie raison de mon angoisse, c'est que je l'ai sentie : l'odeur du froid au moment de nous coucher, le feulement sourd de la bête qui grimpe vers notre cirque. En bas, dans la plaine, une feuille a roussi. Personne ne s'en soucie, bien sûr. L'automne chasse en montagne et nous sommes ses proies.

Trois mètres. Il ne reste plus que trois mètres à creuser. Par chance, le temps est au beau fixe. Je distingue maintenant le rocher dans la grotte quand le soleil le permet, et une tache claire un peu plus loin au fond. À longueur de journée, j'interromps l'envol de mon imagination pour me concentrer sur mon travail.

Hirsutes, maculés d'un noir que nous

ne prenons même plus la peine d'enlever, nous ressemblons à des mineurs. Nos vêtements craquent de raideur, nos peaux ont la texture de l'écorce. Seuls nos membres restent souples, huilés par l'effort. Mais les muscles souffrent, se dérobent de plus en plus souvent. Nous approchons de nos limites.

Trois mètres.

Six jours.

C'est tout ce qu'il nous faut.

Plus nous descendons vers la grotte, plus nos soirées s'enlisent. Temps inutile, temps mort qu'il faut tuer encore. Je suis allé trouver Umberto, juste avant de dîner, pour lui présenter mes excuses. Je n'aurais pas dû lui mentir sur le financement de cette expédition, à lui, mon vieil ami. J'avais mes raisons, les bonnes et les mauvaises. Il s'est montré gracieux, mais j'ai du mal à dire si quelque chose s'est cassé entre nous. Je lui ai posé des questions sur sa fiancée pour l'égayer un peu, je souffre de voir à quel point elle lui manque. Il était censé rentrer pour une intervention en septembre – était-ce la raison de sa réticence à prolonger la mission ? Umberto a viré au rouge et confessé qu'il s'agissait d'une simple opération de blanchiment des dents, un procédé peu connu qu'un dentiste de ses amis pratiquait à Milan. Il m'a fait son sourire de piano, un peu tordu et désaccordé, et son ivoire m'a touché droit au cœur.

Puis il s'est mis à neiger.

AUTOMNE

Aimé n'avait plus toute sa tête.

Aimé, le berger. Il l'était tellement que quand on évoquait « le berger », tout le monde pensait à lui alors qu'il y avait aussi Martial, Jean et les autres. Martial, Jean et les autres ne se vexaient pas. Aimé était vieux, tellement vieux qu'il était déjà berger à la naissance du Commandant. Ça méritait le respect.

Aimé n'avait plus toute sa tête, on disait. Ça me terrifiait presque autant que les loups. Il venait avant l'été prendre nos moutons pour les emmener vers les alpages. Il fallait le voir, enfoncé à mi-taille dans un grand blanc d'écume qui remontait la montagne. Moi je ne l'avais jamais vu justement, parce que je me cachais quand il venait. La nuit, j'imaginais à quoi il pouvait bien ressembler avec son morceau de tête qui manquait.

Un jour je me sentis mal. Personne ne sut dire de quoi je souffrais. Quand le médecin du village me demanda de décrire mes symptômes, j'expliquai qu'il y avait un vide dans le monde, une absence là où il y avait eu quelque chose. Il me dévisagea longuement, se frotta la barbe en murmurant « Je vois, je vois » et annonça à ma mère que je manquais de magnésium.

Après quelques jours, je compris. Je n'avais pas vu Pépin depuis trop longtemps.

Mon chien avait disparu.

Nous le cherchâmes partout, même le Commandant s'y mit en râlant. Maman le força à m'accompagner à la gendarmerie, où on nous répondit que les autorités avaient mieux à faire que de chercher un chien. Le Commandant était furieux. *Je te l'avais bien dit, crétin, j'ai eu l'air de quoi, moi, devant le capitaine ?*

Ma mère m'expliqua que Pépin s'était peut-être dissous dans le vent, qu'il avait échappé à ses vêtements bleus comme on quitte une prison. Jamais je ne me sentis seul comme ce jour-là, même quand ce fut au tour de ma mère de se dissoudre dans le vent.

— C'est Mulat-Barbe qui l'a pris, ton chien.

Je pleurnichais sur un tronc fendu qui servait de banc devant la ferme. Je ne connaissais pas celui qui avait parlé. Il était tellement vieux que je compris tout de suite qu'il s'agissait d'Aimé. Avec l'histoire de Pépin, j'avais oublié qu'il venait pour nos moutons, oublié de me cacher. On m'avait menti, sa tête était entière. *C'est qui Mulabarb ?* je demandai. Il tourna ses yeux lourds de cataracte vers le sud.

— Un berger, comme moi. Il a mille ans moins un jour. C'est le premier berger. Il a pris ton chien.

— Pourquoi il a fait ça ?

— Parce que les temps changent. Un monde meurt et un autre naît.

Ce n'était pas ce Mulat-Barbe qui avait pris Pépin. Mais même si les bergers sont fous, il y avait du vrai dans ce que disait le vieux.

Une dizaine d'années après notre première rencontre, je croisai de nouveau Aimé. Je prospectais, maigre et boutonneux, dans un ravin qui m'avait offert un magnifique *Cenoceras lineatum* le mois précédent. Aimé n'avait pas changé. Ce jour-là, je compris enfin pourquoi on disait qu'il n'avait plus toute sa tête. Il ne me reconnut pas, et ni mon nom ni celui de mon père n'éveillèrent le moindre souvenir. Il me dit seulement : « Écoute bien la montagne », il appela ses moutons et s'éloigna avec eux.

Sauf qu'il n'y avait pas de moutons, pas de troupeau, rien. Il était seul. Depuis trente ans, les fermiers du coin faisaient semblant de lui donner leurs bêtes et le regardaient monter vers les alpages. Pas dans un bouillon de laine comme autrefois, à une époque dont personne ne se souvenait, mais au milieu d'un grand vide.

Gio marche en tête, droit dans le midi. L'étroit sentier nous ramène vers la crête. Il n'a neigé qu'une heure hier soir, et je reconnais à peine le paysage où je viens d'user six semaines de ma vie. Le relief s'estompe. Seul un fantôme de vert affleure encore quand un rocher gorgé de soleil parvient à faire fondre la neige. La combe semble moins escarpée ainsi vêtue, la pierre moins amère : nous la quittons au moment même où elle paraît plus accueillante. Pure illusion. Le soleil brille ce matin, mais la température a chuté d'environ quinze degrés au réveil. L'automne a égorgé l'été dans la nuit. Nul à part Gio n'avait soupçonné qu'il pourrait approcher si près du camp sans donner l'alerte.

L'expédition est terminée. J'ai prêté allégeance à Gio, comme les autres. Je ne veux pas les forcer à m'accorder encore une fois un répit, même s'il me semble que nous étions tout près de réussir. Le soleil leur a brûlé la rétine et leurs mains se referment sur des poignées d'ampoules. Ils m'ont assez donné.

D'un pas d'alpinistes confirmés, en rythme, nous zigzaguons en longues obliques dans un éboulis. Deux heures plus tard, nous nous hissons sur la crête, à l'endroit même où nous sommes entrés dans ce cirque il y a un mois et demi. Étourdissement. Cette fois, ce n'est pas l'abîme sous nos pieds, la via ferrata qui disparaît dans le vide qui l'a provoqué. Non, j'ai changé sans m'en rendre compte. Mon vertige n'est plus vertical, il est horizontal. C'est le syndrome du prisonnier soudain libéré, paniqué par l'absence rassurante de couloirs et de murs. Le regard, au lieu de buter sur une enceinte de pierre, porte jusqu'à l'infini. Là-bas, le défilé qui mène au pays des bergers, quelques bouquets de moutons comme des pivoines géantes. Une forêt noire arrête l'œil sur l'horizon. Mon imagination prend le relais, dévale déjà le chemin que nous avons emprunté pour monter, elle se précipite, emportée par son élan, elle saute de caillou en caillou, de racine en racine, nous voilà au pont de rondins, parmi les pins, puis c'est le village. Et enfin le bus, le bus qui ramène en claquant des pistons à la mer, au plat, dans une odeur de graisse et de vieux cuir rouge.

Un ruisseau sourd désormais du rocher et dévale les barreaux de l'échelle avec un rire argentin. Il ne ressemble à rien, taquin, tintinnabulant, il ne ferait peur à personne. Il devrait. C'est un glacier en puissance. Il finira par geler, explique Umberto, par engloutir la via ferrata et la transformer en cascade de glace. Infranchissable.

— C'est pour ça qu'il faut partir. *Adesso*. Maintenant.

Il tourne vers moi un regard compatissant – j'y reconnais enfin mon vieil ami.

— Nous reviendrons au printemps. Je pense pouvoir obtenir quelques crédits de Turin.

— Merci, Berti.

Maintenant que tout est joué, que j'ai enfin accepté de ne plus lutter contre mon destin, je suis en paix. Je me harnache, et j'attends que Gio mette le pied sur le premier barreau pour leur annoncer la nouvelle.

J'ai décidé de rester.

Le silence, la stupeur. Puis les mots qui se battent, les voix qui se chevauchent. Les gants s'affolent en une pantomime furieuse. Tout le monde a quelque chose à dire, un avis à donner qui ne changera rien et je soupçonne qu'ils le savent. Alors leur colère redouble.

Maintenant, ils parlent entre eux, trop vite pour que je comprenne, Umberto coupe Gio, Peter s'immisce, personne n'écoute vraiment personne parce que au fond ils pensent tous la même chose, ils le disent juste de façon différente.

— C'est de la folie. De la folie pure. Encore un coup de froid comme ça et tu ne pourras plus descendre. Seul un alpiniste expérimenté pourrait sortir de cette combe, et encore. Pas question que tu restes.

— J'ai besoin de six jours, Berti. Peut-être moins. Je tente ma chance. C'est *ma* décision.

— Ce n'est pas sage.

— J'ai été sage toute ma vie. Crois-moi, ça ne sert à rien.

Gio a un mouvement de lassitude, quelques paroles tristes aussitôt traduites.

— Tu fais ce que tu veux. Gio redescend. Son contrat s'arrête là.

Comment ne pas le comprendre ? Le guide me salue d'un signe de tête et disparaît dans le vide. Je tends la main à Umberto.

— Ne t'inquiète pas. Je ne suis pas fou. Si le temps tourne, je pars en quatrième vitesse. Je veux juste être sûr d'avoir tout tenté, tu comprends ?

Mon ami hausse les épaules à son tour. Il me connaît assez pour savoir que je ne changerai pas d'avis. Et comme je n'aime pas les longs adieux, je m'en vais comme j'ai quitté la maison de mon père : je tourne le dos d'un coup et je pars, sans un mot, tatouer ma jeunesse sur le monde.

Je me suis retourné pour la première fois à mi-pente, je n'avais pas osé le faire avant. Trois cents mètres plus haut, Peter et Umberto redescendaient avec moi. Au moins, maintenant, c'était *leur* choix. En tout cas, c'est ce que je me suis répété, je n'étais pas sûr d'y croire. Ils m'auraient suivi jusqu'en enfer et ça ne s'appelait pas un choix. Je les ai attendus en clignant furieusement des yeux, à cause de ce foutu soleil qui les faisait larmoyer, puis nous avons cheminé sans un mot. J'aurais voulu les remercier mais je ne savais pas comment m'y prendre, personne ne m'avait appris. Eux, ce qu'ils avaient à dire, ils le disaient avec leurs pieds, alors à quoi bon parler ?

La neige commençait à fondre, l'espoir renaissait. Il était trop tard pour travailler. Je me suis rendu par habitude à notre puits pendant qu'Umberto et Peter se réinstallaient au camp intermédiaire, le plus proche du glacier. Le fond du tunnel était couvert de vingt centimètres d'une neige qui, déjà, durcissait. J'en ai ôté une bonne moitié.

Le plus étonnant, c'était l'effet qu'avait produit l'averse de la nuit. Elle avait recouvert la fange noire qui entourait notre trou. En effaçant nos outrages, elle donnait l'impression que le glacier guérissait. J'ai eu la nausée à l'idée de devoir, le lendemain, recommencer notre litanie de feu, grasse et nauséabonde, pour approfondir la plaie. Je me suis surpris à m'agenouiller et à poser la main sur le Béhémoth, comme pour le consoler. *Plus que quelques jours, mon vieux.* J'espère que personne ne m'a vu.

Au coin du feu, Umberto et Peter mangent en silence. Raides de fatalisme, de leur résignation tonitruante. Nous avons fait nos calculs : nous devrions avoir assez d'huile pour atteindre la grotte. En l'absence de Gio, j'ai décidé de prendre davantage de risques : nous commencerons plus tôt et nous finirons plus tard. Je suis sûr de pouvoir gagner une journée de travail – en cette saison, la différence entre le succès et l'échec.

Les yeux fermés, j'aspire une grande bouffée de nuit et de flammes, de flocons et d'encens. Je ne me suis pas senti aussi bien depuis longtemps. Je suis à cet instant charnière de la vie d'un homme, le point du fou, celui où plus personne ne croit en lui. Il peut reculer, une décision dont tout le monde, sans exception, louera la sagesse. Ou aller de l'avant, au nom de ses convictions. S'il a tort, il deviendra synonyme d'arrogance et d'aveuglement. Il sera à jamais celui qui n'a pas su s'arrêter. S'il a raison, on chantera son génie et son entêtement face à l'adversité.

C'est l'heure grave de ne plus croire en rien, ou de croire en tout.

Je m'étais enfoncé dans la forêt après l'école, je cherchais Pépin sans me l'avouer, je redoutais de tomber sur son corps desséché, de le trouver pris dans un piège dont il n'avait pu se dégager. Peut-être qu'il m'avait appelé, appelé encore, de longs hululements verticaux qui trouaient la nuit comme des colonnes de douleur, et qu'il s'était demandé avant que tout s'arrête, avec ses mots de chien, pourquoi personne ne répondait, pourquoi *je* ne répondais pas alors qu'il avait tant fait pour moi.

J'eus soudain la peur de ma vie. Dans un contre-jour éblouissant, une silhouette énorme noircissait les fourrés. *Sanglier*. Je me vis mort, éventré, ma mère qui pleurait sur mon corps pâle étalé sur du marbre, le reste du monde qui s'en fichait.

Le choc ne vint pas, et je rouvris un œil. Ce n'était pas un sanglier, mais un aigle prisonnier d'un roncier. Les ailes écartelées, crucifié en plein vol par de méchantes épines, il flottait à deux mètres du sol, apparition empennée d'or par le soleil couchant. On avait érigé des cathédrales pour moins que ça.

À l'aide de mon canif, je coupai les lianes qui empêtraient ses ailes. Un coup de bec m'ouvrit l'arcade, ses serres me déchirèrent les mains. J'ignorai la douleur, je travaillai avec l'acharnement que j'aurais mis à sauver Pépin. L'aigle se tassa, rassembla ses dernières forces et, d'un coup d'aile lourd, s'arracha à la voracité du bois.

Je m'affaissai dans une odeur de fer, de terre noire et de champignons. Je sentais l'appel des prés qui défilaient sous mon ventre, leur haleine de foin, la panique des rongeurs que mon ombre couvrait, j'entrevoyais pour la première fois un moyen de quitter cette vallée, il suffisait de voler, de voler vers le soleil.

Je repris conscience sur un tapis de feuilles. Le Commandant fendait des bûches quand je regagnai la ferme en titubant, avec de grands « han ! » qui rebondissaient dans les collines. Il se redressa en voyant son fils ensanglanté. Quand je passai devant lui, il sourit fièrement et m'assena une grande tape dans le dos.

— Bien joué, mon gars.

Il s'imaginait que je m'étais battu à l'école, et je ne le détrompai pas. C'est quelque chose, la fierté d'un père. On peut la trimballer sous sa veste, aller en classe avec, c'est invisible et ça vous tient toute la journée.

Troisième semaine de septembre. Le temps est au beau fixe et je m'autorise un soupçon d'optimisme, juste assez pour ne pas me porter malheur. Tiens, je suis superstitieux. Il reste environ deux mètres cinquante à creuser, peut-être un peu moins, peut-être un peu plus. Nous ne pouvons qu'extrapoler la distance exacte qui nous sépare de la grotte. Nous y sommes presque.

À notre retour au camp ce soir, Gio était là, à tisonner le feu qu'il avait ranimé pour le dîner. Il était revenu, les pieds lourds de son devoir de guide. Nous nous sommes assis à ses côtés pour manger en silence. Il y avait de la colère dans ses yeux, peut-être même de la peur, pour la première fois, mais il n'a pas prononcé un mot.

Nous avons travaillé deux jours de plus. La fatigue s'est envolée et Gio nous met en garde – elle est encore là, tapie dans nos muscles. C'est l'instant de l'erreur, le royaume de l'inattention, le rire joyeux du vide qui en profite et se referme sur sa proie. Calculer chaque mouvement. Remettre en cause chaque décision.

Il ne reste plus qu'un mètre ou un mètre cinquante à percer. Légère déception hier : la tache blanchâtre que j'avais aperçue dans la cavité n'était qu'un morceau de bois poli par les eaux, on le voit maintenant très nettement. Je ne désespère pas. L'obscurité, derrière, est riche de promesses. La neige a quasiment fondu et l'herbe se redresse, plus verte que jamais. Même Gio se détend et l'ambiance générale s'en ressent.

Sommeil agité. Réveil à l'aube, tremblant de froid et d'impatience. En mettant les bouchées doubles, l'un de nous pourrait réussir à se glisser dans la grotte aujourd'hui. Au pire, demain. Je pousse les pans de ma tente – ils ne bougent pas. Alors seulement, je remarque la lueur glauque de l'aube, le chant assourdi de la montagne.

Je suis enseveli.

Nous émergeons tous de nos tentes au même moment. La neige nous arrive à la poitrine. Matin polaire à Pompéi, spectacle étrange de nos bustes flottant sur un océan poudreux, statues désemparées. La coulée blanche a effacé notre camp dans un silence félin, le temps d'une nuit. Le ciel a la texture du chrome.

Cette fois, nul n'essaie de me convaincre de rentrer. Chacun est là de son plein gré, libre de partir. Et comme parfois en alpinisme, à ce stade, il n'y a plus de sortie que par le haut. Pas un mot n'est échangé tandis que nous nous équipons comme pour une journée ordinaire et entamons notre voyage vers le glacier. Au lieu des dix minutes habituelles, il nous faut une heure et demie pour l'atteindre. Tant bien que mal, nous exhumons la corde qui nous guide tous les jours et la remontons.

Notre tunnel a disparu. Et moi qui avais cru blesser la montagne ! Je comprends maintenant ma présomption. Elle nous acceptait comme on tolère un moustique. Dans la nuit, elle a bâillé, pas méchamment, juste pour nous dire qu'elle en avait assez.

Gio lance des ordres. La mécanique s'enclenche, bien rodée. S'encorder, déblayer la neige. Rouvrir la blessure, jusqu'au sang. Notre couche de crasse réapparaît, puis les abords du puits. La neige a formé un pont et ne l'a pas rempli. Nous nous laissons tomber au bord, le souffle à vif. L'huile est restée au camp, aucun d'entre nous n'a la force d'aller la chercher. Demain. Nous reprendrons demain. Notre dragon a attendu quelques millions d'années, il patientera bien un jour de plus.

Gio nous a décrit les signes. Il nous a alignés comme à l'école et nous a expliqué. Avec une telle quantité de neige, les règles ont changé. Un mal nous guette, qui peut nous prendre à tout instant. Plus insidieux qu'une avalanche, aussi mortel.

Hypothermie. Première étape, vasoconstriction périphérique. Le sang délaisse les extrémités, afflue vers les organes pour les protéger du froid. Symptôme : frissons. Qui se méfie d'un frisson ? Deuxième étape : le rythme cardiaque ralentit, l'alimentation du cerveau en oxygène diminue. Altération du jugement, confusion, endormissement. Au moindre signe de somnolence, Gio nous ordonne d'appeler à l'aide. Et la troisième étape…

— La troisième étape, vous n'en aurez même pas conscience. Alors inutile de vous faire peur avec ça. Assez perdu de temps.

Quatre jours de plus sous un ciel vif-argent. Même s'il n'a pas reneigé, notre progression s'est encore ralentie. Nous sommes si près de la grotte que c'en est rageant, et nous ne pouvons plus utiliser l'huile pour forer. Elle devient trop difficile à évacuer. Le puits est maintenant d'une telle profondeur que quiconque y descend s'asphyxie quand le pétrole brûle. Et il ne reste qu'un bidon, que notre guide nous a interdit d'utiliser. Il nous servira en cas d'urgence. En édictant cet ordre, le vieil Italien a posé sur moi son regard vert et menaçant de lac de montagne. Pas question de désobéir.

À genoux au fond de notre trou, à tour de rôle, nous grattons donc au piolet. À presque dix mètres sous le niveau de la glace, le froid est saisissant, magnifique. Un froid de diamant pur. Malgré nos couches de vêtements, nos bonnets et nos gants, nous remontons vers le soleil toutes les trente minutes. Quand l'un de nous creuse, un autre reste au bord du trou pour le surveiller – instructions strictes de Gio. Au moindre arrêt de celui du fond, l'homme de surface l'appelle. La position est inconfortable, la largeur du tunnel permet à peine de s'y accroupir. Umberto a dû renoncer à descendre à cause de sa taille – la sciatique menaçait.

Nous sommes des épaves, des coques brisées échouées en plein ciel. Nous avons mal aux os, aux muscles, aux veines. À chaque réveil, nous refaisons l'histoire de l'homme. À quatre pattes, se redresser, s'appuyer en grognant sur un rocher pour étirer notre colonne fourbue, nous voilà *erectus* quand l'eau du thé bout, *sapiens* il faut attendre un peu. Le sommeil nous fuit malgré l'épuisement. Les emportements ne sont plus rares, la tension constante. Peter, en particulier, m'inquiète. Depuis notre retour, il a changé. Il a répondu sèchement à plusieurs remarques innocentes de ma part. Et quand Umberto a reproché à son assistant la perte de l'un de nos piolets, maladroitement lâché dans une crevasse, Peter a rétorqué que lui, au moins, se servait d'un piolet. L'Allemand est nerveux. Il sursaute au moindre mouvement du glacier. Fini les spectacles de marionnette au coin du feu.

Septembre s'endort. Une épaisse gangue de glace, impossible à briser, recouvre désormais les barreaux supérieurs de la via ferrata. Si les trois autres sont capables de négocier ce passage à l'aide de pitons et de cordes, la descente s'annonce difficile pour moi. Je ne m'en soucie pas, pas ce soir, entièrement tendu vers les cinquante ou soixante centimètres de glace qui nous séparent de mon dragon du crépuscule. Car j'ai cru, alors que je finissais mon tour à la tombée du jour, apercevoir la bête ! La Terre a bougé, le soleil a glissé un rayon plus profondément que jamais à l'intérieur de la grotte et c'est là que j'ai distingué, pendant une seconde à peine, une belle tête blanche aux yeux patients.

Assoupi dans le salon, son fusil en travers des genoux, si insignifiant qu'il affleurait à peine à la surface du monde, le Commandant, mon père. Ce soir, les loups m'avaient laissé tranquille et j'étais descendu boire à la pompe. Ou alors, c'était que je n'avais plus peur d'eux.

J'approchai en silence. Une couronne de fleurs pourrissait sur le buffet derrière lui, il avait fallu que ma mère meure pour qu'on lui offre des fleurs et il n'avait même pas pensé à les mettre dans l'eau. La pièce sentait le vin, la terrine de bœuf, la sueur un peu aussi. Ses bras noirs de soleil dépassaient d'un tricot, ces bras qui soulevaient la hache comme moi un stylo. Ses mains pendaient au bout, molles, mais il ne fallait pas s'y fier. Elles étaient dangereuses.

C'était un de ses trucs, nettoyer son fusil le soir quand il rentrait du bar. Il y était souvent ces derniers temps, au bar, il disait que c'était le deuil. Il mentait. J'avais cherché le mot dans le gros *Littré* à l'école, *affliction profonde causée par la perte de quelqu'un*, j'avais cherché affliction, *peine morale*, nulle part ça ne parlait des grands éclats de rire avec les copains de la chasse autour du comptoir.

Je pris l'arme avec douceur. Le Commandant renifla, bougea dans la chaise et continua à ronfler. Un bon fusil Darne 1906, la prunelle de ses yeux. Ouvrir le bloc de culasse, prendre deux cartouches de 12 à côté des assiettes à soupe, charger, refermer. Je connaissais les gestes par cœur, il m'avait forcé à apprendre. Caresser les arabesques du métal, le chocolat du bois, le beau bleu du canon – le même bleu que mon Pépin –, tant de beauté pour faire mal. Lever le fusil. Aligner la hausse et le guidon sur le front bas, entre les arcades saillantes et les cheveux plantés drus comme des piquants de hérisson. Ne pas trembler ou en tout cas, trembler moins fort. À l'autre bout, le Commandant marmonnait dans son sommeil, il ne se doutait de rien.

Je pourrais prétendre que j'ai reposé l'arme et que je suis monté me coucher. Mensonge. J'appuyai sur la queue de détente. Le coup partit, la fenêtre derrière le Commandant explosa, il bondit sur ses pieds et m'arracha le fusil des mains, bordel qu'est-ce que tu fous, en clignant de ses yeux rouge et noir de colère et de vin. Pardon papa, je voulais juste ranger le fusil, j'ai vu que tu dormais, je voulais pas te réveiller, le coup est parti tout seul.

Le Commandant me regarda d'un air dubitatif. Il se rassit lentement, haussa les épaules et se rendormit.

C'est dur de tuer un homme. Je le sais parce que j'ai essayé. La prochaine fois, je ferai attention au recul.

Je l'avais bien dit à Umberto. Peter est spécial, même si ce n'était pas tout à fait ce que je croyais. Avec la promiscuité du camp, c'était inévitable, j'étais destiné à le voir.

Je revenais de notre réserve, lui se frictionnait avec de la neige derrière sa tente. Il était torse nu. Ses bras et sa poitrine hâve étaient marqués de méandres rose et blanc, vieilles cicatrices qui cartographiaient des terreurs anciennes. *Violence auto-infligée*, aurait diagnostiqué notre médecin de famille en se frottant la barbe, *je vois, je vois, Peter manque de magnésium*. Mais il n'y a pas de violence auto-infligée. Elle vient toujours de loin, du dehors, quelle que soit la main qui porte la lame sur les derniers centimètres, tout contre la peau. J'ignorais ce que Peter avait tenté d'exorciser. J'aurais pu lui dire que ça ne servait à rien, je le savais bien. À force d'affirmer que, dans la famille, nous avions la tristesse dans les veines, ma mère se les était ouvertes un jour, pour la laisser sortir. Ça n'avait pas marché, et la tristesse était restée.

Peter s'est figé, il ne s'est pas couvert. J'ai continué à le regarder droit dans les yeux. J'ai voulu dire quelque chose, partager les miennes, de cicatrices. Lui avouer qu'à cinquante-deux ans je cousais encore mon nom au revers de mes pulls parce que ma mère m'avait expliqué que, comme ça, elle me retrouverait toujours.

Mais pour une fois, j'ai suivi le conseil du Commandant, répété chaque année à chaque repas de fête, et j'ai fermé ma grande gueule. Peter s'est remis à se frictionner, moi à marcher.

Youri est réapparu après une longue absence. Sans sa moustache. La mode est maintenant aux hommes glabres, affirme-t-il, et il nous a recommandé de nous en inspirer. Nous avons souri, conscients de la pilosité qui nous mangeait le visage et que nous entretenions à peine. Bien vite, les sarcasmes ont repris. Il entreprend ouvertement Umberto. Sa fiancée doit se demander où il est, non ? N'a-t-il pas peur qu'elle en épouse un autre, un plus beau, plus jeune que lui ? Et surtout moins grand, qui ne risquera pas de l'aplatir en se retournant dans son sommeil ? Umberto a beau en rire, je vois bien que chaque remarque l'érode, tourmente sa bonne grosse âme de pierre.

Je n'y avais pas songé : nous n'avons aucun moyen de communiquer avec le monde extérieur et nous devrions être rentrés. Sa fée se ronge-t-elle les ongles, inquiète de son absence quand l'horizon blanchit ? Pas une fois il ne s'est plaint, pas une fois il n'y a fait allusion.

C'est là tout le génie de Youri. À couvert, c'est moi qu'il attaque désormais sans relâche : cette expédition, ma vision, mon entêtement. « *Regarde bien, Stan. Regarde nos visages et nos mains. Regarde nos yeux et nos cœurs. Tu ne vois rien ? Exactement. C'est à cause de toi.* »

Ce monstre de laine a raison. Nous

vivons les uns sur les autres, vingt-quatre heures sur vingt-quatre, depuis près de deux mois. Ici comme à l'armée, pas question de pudeur. Je n'ai pourtant pas l'impression de mériter un tel acharnement. Imbu de sa propre importance, Youri ne fait plus attention à son public, ne cherche plus, dans les rires, la borne rouge de la colère, celle qui indique au fou sage qu'il est temps de reculer.

Changement d'humeur. Visage froissé, Youri nous raconte soudain l'histoire d'un groupe de bûcherons partis travailler en plein hiver en Sibérie. Ils ne rentrèrent pas, ni le soir, ni le lendemain. *Pff ! disparus* – geste de prestidigitateur de Youri. Deux semaines plus tard, une équipe de secours retrouva leurs cadavres éparpillés autour de leur camp, dénudés. Certains étaient mutilés. Quel démon avaient-ils dérangé dans la forêt enneigée ? souffle Youri à mi-voix, promenant son regard de flanelle alentour.

Gio secoue la tête avec un rire moqueur. Peter rabaisse sa marionnette, vexé.

— C'est une histoire *vraie*. C'était dans le journal. Je n'invente rien.

Haussement d'épaules, patois lancinant. Umberto :

— Elle est peut-être vraie, mais il n'y a pas de mystère là-dedans.

— Ces types étaient à moitié nus par moins quarante !

La troisième étape de l'hypothermie, la voilà. Celle que Gio nous a épargnée. *Déshabillage paradoxal.* Les muscles se relâchent, le sang revient d'un coup à la périphérie du corps. Sensation de chaleur intense. Sa température vient de tomber à vingt-huit degrés et la victime se dénude. Elle meurt de chaud alors qu'elle meurt de froid. C'est le royaume des hallucinations, les grands rêves d'opium du coma. À ce stade, il est déjà trop tard, l'esprit trop loin de lui-même pour espérer revenir.

— Et les mutilations, alors ? Ce n'est pas le froid, ça !

— Prédateurs. Corbeaux, renards. Il n'y a pas plus de démon dans ton histoire que dans la culotte du pape.

Ce soir-là, Peter est parti se coucher sans nous souhaiter bonne nuit.

Les circonstances sont déjà assez difficiles sans les piques de Youri ou ses histoires lugubres. J'ai essayé de raisonner Peter, le plus calmement possible, tandis que nous partions travailler le lendemain.

— Tes connaissances nous sont précieuses. Et j'apprécie ta présence, vraiment… Mais nous devons nous serrer les coudes. Nous avons besoin de toute notre concentration et ta marionnette ne…

— Je ne contrôle pas ce que dit Youri. Désolé.

Ses excentricités, j'en avais soupé.

— Tu crois que c'est un jeu, tout ça ?

— Non. C'est l'enfer. Et vu que j'ai accepté d'y rester pour vous aider, le moins que vous puissiez faire, cher Stan, c'est de vous montrer poli avec Youri.

Je lui ai planté un doigt dans la poitrine. Un peu plus fort et je le faisais tomber.

— Personne ne t'a forcé à revenir. Personne ne te force à rester.

Peter a ouvert la bouche, son regard a filé vers Umberto comme une souris mécanique. Il a haussé les épaules.

— Non. Personne.

Il a baissé la tête et il s'est enfoncé dans l'air froid, un pied devant l'autre, sur la trace qui n'en finissait pas.

Dispute avec Peter, dispute avec Umberto, motifs futiles, les doigts trop raides qui lâchent, les jambes qui flageolent et les corps qui se bousculent, pardon, désolé, tu ne peux pas faire attention bordel, tu viens de renverser l'eau qui a mis trente minutes à bouillir, je t'ai dit que j'étais désolé qu'est-ce que tu veux que je te dise de plus, ça va tout le monde se calme je sais qu'on est fatigués, tu parles qu'on est fatigués avec ces conneries de chasse au dahu, si c'est une chasse au dahu vous n'avez qu'à partir, je ne vous retiens pas, non mes mots ont dépassé ma pensée, silence de Gio, silence toujours, il n'est que ça, on se calme un peu, on s'ignore, on se passe le piolet sans se regarder, puis à un moment ça recommence, c'est inévitable, attention bon sang tu me fous de la neige sur les chaussures, sans blague il y a de la neige en haute montagne, et ça repart de plus belle, une marche funèbre boréale accompagnée par les craquements du glacier.

J'aurais dû me rappeler que j'étais capable de tuer.

Plus que deux jours et nous entrerons dans la grotte. Gio m'a confirmé que le temps devrait rester au beau fixe, il en est sûr. Nous repartirons heureux ou malheureux, riches ou pauvres. Dans tous les cas, nous *saurons*.

Notre feu, ce soir, est un véritable brasier, un adieu à la montagne. Le camp intermédiaire a été démonté, nous sommes de retour au camp de base en prévision de notre départ. Gio a passé les deux derniers jours à pitonner et à encorder la cascade de glace qui recouvre les premiers échelons de la via ferrata. Avec son aide, j'espère pouvoir la franchir, sinon…

Sinon, rien. Ça ne vaut pas la peine d'y penser. Je suis loin, j'essaie de me rappeler comment tout a commencé. Je ne peux pas pénétrer dans la grotte sans l'enthousiasme qui m'y a conduit, ce serait un sacrilège, comme d'entrer nu dans une église. Comment s'appelait la fillette qui m'a parlé du dragon de Leucio, déjà ? Je ne sais même plus si j'ai connu son nom. Louise ? Juliette ? C'était il y a cinq ans. C'était il y a longtemps.

— Vous savez, Stan, dans l'armée, j'ai connu beaucoup d'officiers supérieurs.

Youri me toise, planté sur le bras gauche de Peter. Par quels moyens l'Allemand parvient-il à lui donner une telle variété d'expressions, je ne le saurai jamais. D'une main à trois doigts, Youri se gratte la joue tout en m'examinant d'un air pensif. Sa voix aiguë monte de son petit corps, les lèvres de Peter restent parfaitement immobiles.

— Et je dois avouer, même si nous ne sommes pas toujours d'accord, vous et moi, que vous faites un excellent général.

J'avais détourné le regard et je suis aussitôt revenu sur la marionnette, dérouté par ce compliment.

— Un général modèle, oui. Les troufions se battent, vous récoltez les médailles.

Mon erreur à moi, dans cette montagne, celle contre laquelle Gio nous mettait en garde depuis longtemps, je l'ai commise là. L'épuisement, la chimie de nos corps, un esprit maléfique rôdant aux lisières du feu, qui en est responsable ? Peu importe. Je me suis levé d'un bond et j'ai fondu sur Peter.

Il s'est levé à son tour, il a trébuché en reculant mais il s'est rattrapé. Sur son visage j'ai lu une peur d'enfant, un effroi abyssal qui m'a arrêté net. Puis, comme souvent ces derniers jours, une lueur de défi dans son regard. Il a levé ses poings tremblants, ses poings de gosse qui n'était pas prêt pour une aventure d'homme et n'avait pas osé le dire.

Je ne pouvais pas le frapper. Alors, dans ma colère, j'ai arraché Youri de sa main gauche et je l'ai jeté dans le feu.

La poupée a atterri au milieu des flammes. Peter a poussé un cri d'animal blessé, il se serait précipité à sa suite si Gio et Umberto ne l'avaient pas retenu. Notre brasier était d'huile, ce soir, plus que de bois, un feu de mort qui colle à la peau si l'on s'en approche trop. La marionnette s'est embrasée d'un coup. J'ai vu ses yeux couler, ses cheveux partir en un halo orangé qui a gagné son corps et l'a incinéré. Youri a disparu en moins d'une minute.

Gio et Umberto ont relâché Peter. Il a cherché nos regards, un par un, avec tant d'émotion que je ne savais plus s'il était haineux ou abasourdi. Il s'est arrêté sur moi et je me suis raidi, prêt à l'assaut.

Puis il a fondu en larmes. Il pleurait, il pleurait comme je n'avais jamais vu personne pleurer de ma vie entière, pas même ma mère, à gros bouillons de morve qui lui secouaient les épaules. Sa détresse a fait taire la nuit. Il s'est agenouillé près du feu, il a levé la tête vers moi, sa tête d'oiseau qui pesait une tonne.

— Je n'ai pas quitté le séminaire…

— Pardon ?

— Ils nous ont renvoyés… Youri et moi.

— Peter…

— Vous êtes comme eux. Vous brûlez ce que vous ne comprenez pas.

Je n'ai pas eu le courage de regarder les autres. J'ai regagné ma tente, soufflant de toutes mes forces sur les tisons de ma colère. Peter m'avait poussé à bout, il l'avait bien mérité.

Pas vrai ?

J'ai mis longtemps à m'endormir. Le froid craquait, dehors, il tentait de s'immiscer par la moindre ouverture. Au milieu de la nuit, un silence de coton est tombé. Il neigeait. Pour une fois, j'ai accueilli la nouvelle avec soulagement. Rien de tel qu'un peu de neige fraîche pour effacer l'ardoise, nos dessins maladroits et nos traces de craie, nos erreurs de calcul et nos bonnets d'âne. Au petit jour, nous pourrions repartir de zéro.

Peter n'était pas au petit déjeuner quand je suis sorti de ma tente. Umberto était courbé sur son thé, Gio fumait près du feu. D'un geste du menton, Umberto a répondu à ma question silencieuse. Là-bas sur le glacier encore mouillé d'aube fraîche, un point noir progressait. Peter était parti travailler sans nous. Il avait fait la trace tout seul dans un mètre de neige, un effort considérable.

— Vaut mieux pas, m'a dit Umberto quand j'ai voulu m'équiper. Reste ici. Je vais lui parler.

Parler, ça ne sert à rien, j'aurais voulu répondre. C'est un truc de curé pour remplir le silence de chêne des confessionnaux. Mais j'ai reposé mon sac.

Gio et moi avons terminé les préparatifs du départ. Nous avons déroulé et enroulé les cordes, puis nous avons recommencé parce que je m'y prenais mal. Nous avons vérifié l'arrimage des tentes qui devront rester jusqu'à notre retour à la fin du printemps. L'heure est proche. Tourné vers le glacier je guette un geste, un signe que la grotte est enfin ouverte, que les derniers centimètres de glace ont cédé, beaux joueurs, à notre acharnement.

Umberto ! Il dévale dans la trace, il glisse, il disparaît dans le blanc, il se redresse et court vers nous en agitant les bras. Je ne peux plus respirer. Mes pieds lourds de neige et d'angoisse s'opposent au mouvement. La voix d'Umberto, enfin, ajoute du son à cette silhouette gesticulante, à ce géant qui pour la première fois paraît minuscule. *Aiuto. Aiuto.*

Gio est déjà parti, une corde en travers des épaules. Il court vers Umberto. *Aiuto. À l'aide.* Je me lance à mon tour. Gio a dépassé Umberto sans s'arrêter, il court vers le glacier. Mon ami tombe à genoux dans la neige, un grand râle blanc, ses dents arrachent à l'air un oxygène trop rare, cette poussière d'argent que nous nous partageons tous les jours. Il parle, il parle en italien, il ne comprend pas que je ne comprends pas, il continue à toute vitesse.

Peu importent les mots. Je connais cette expression, celle des désastres, celle avec laquelle un beau matin on vous parle de votre mère, de votre beau chien bleu, des gens que vous aimez, ou d'autres que vous ne connaissez pas mais qui comptaient pour quelqu'un, puisqu'on tire cette tête-là.

Umberto ne sait pas. Peter venait de sortir du trou et s'était éloigné de quelques pas pour manger des fruits secs en offrant son visage au soleil. Ils s'étaient adressé un petit geste. Une minute plus tard, Peter avait disparu, comme ça. Il n'y avait qu'une poignée de fruits éparpillés sur la glace au bord d'une crevasse, un abricot, un raisin, un gant et puis c'est tout. Umberto ne sait pas ce qui s'est passé.

Gio n'a rien pu faire. Il est descendu en rappel dans la crevasse, il a dû pitonner parce qu'elle continuait, ajouter une longueur de corde pour s'enfoncer vers le centre du monde, là où le bleu noircissait. Nous avons attendu à la surface en silence. Lorsqu'il est remonté, il a secoué la tête. Je lui ai crié de redescendre. On n'allait pas abandonner Peter comme ça, si facilement, il nous attendait peut-être comme Pépin dans son piège, comme l'aigle dans son roncier, il attendait qu'on vienne le libérer, qu'on…

— Ça suffit.

Umberto a parlé sans me regarder. La faille est trop profonde et la montagne s'est vengée.

Peter est mort. Il n'y a pas mille façons de le dire, il n'y en a d'ailleurs qu'une. Banale, usée, presque douce à force d'avoir servi, soufflée sur des perrons gris ou au seuil de chambres fermées depuis trop longtemps à la lumière du jour. Mort pour la Patrie. Mort de ci, mort de ça. Mort pour rien. Mais mort, c'est sûr. Ces mots, il faut les répéter, je le sais bien. Même si l'on sait déjà, on n'y croit pas, parce que les raisons ne sont jamais assez bonnes. Alors je me force à les expulser, à les jeter au froid. Personne n'écoute mais quelqu'un, quelque part, aura besoin d'y croire.

Peter est mort.

J'en veux à tout ce blanc, ce blanc de neige qui nous rend fous et égare tout, hommes et bêtes. J'ai beau savoir qu'un prisme révélerait les couleurs qui s'y terrent, j'ai beau me répéter que ce blanc est une larve d'arc-en-ciel, décidément, je ne peux pas lui pardonner. Je suis coupable, oui, coupable de nous être crus capables de lui tenir tête.

Funérailles célestes, crémation, inhumation. Les rapaces, le feu, la terre. Nous sommes paléontologues. Nous les connaissons tous, ces rituels inventés par les hommes pour dire au revoir à leurs morts, pour éviter que les vivants ne basculent à leur tour. Nous les connaissons tous et d'autres encore.

Dans ce pays d'os et de froid, sur cette terre de personne, comment dire au revoir à Peter ? Notre peuple minuscule, notre société de trois, ne sait pas très bien. Faute de passé, tout reste à inventer.

Nous sommes paléontologues et ça ne sert plus à rien.

Nous avons rassemblé ses affaires au bord de la faille. Des fragments de messe me remontent à l'esprit, la lippe molle de Lavernhe lâchant du latin comme des résultats sportifs à l'enterrement de ma mère, *mors stupebit et natura, l'Étoile de France remporte le Trophée de France en battant le Red Star, cum resurget creatura, 3-1 ils n'ont pas volé leur victoire, tiens-toi droit bon sang*, me dit le Commandant avec un coup vicieux derrière la tête parce que mes jambes flageolent mais que voulez-vous, j'ai neuf ans et demi, je suis debout depuis une heure dans cette église froide. Pardon maman, Peter, pardon, regardez, je me tiens droit. *Mea culpa, mea maxima culpa.*

J'ai beau me répéter que mille marionnettes brûlent en cet instant dans le monde sans qu'un ventriloque en meure, je m'en veux d'avoir passé deux mois avec un homme et de ne rien savoir de lui, ou de le savoir trop tard, *c'est pourquoi je supplie la Vierge Marie, les anges et tous les saints, et vous aussi mes frères, de prier pour moi le Seigneur notre Dieu, amen.*

Stan va nous lire un beau texte pour sa maman, annonce Lavernhe. Je regarde Umberto, il vient de parler, il m'a demandé quelque chose. *Non mon père, je ne peux pas lire. Je n'y arrive pas.* Dans ma tête des *dies irae* et des *kyrie*, mais je halète des nuages muets, de drôles de hoquets secs. Ma tristesse est toujours la même, elle n'a jamais changé en quarante ans, un animal éclopé qui me déchire le ventre dans sa panique aveugle, qui ne demande qu'à sortir, se convulse et fait exactement le contraire, il s'enfonce, m'empêchant de l'expulser à la lumière du jour qui le tuera enfin. *Allez*, conclut le Commandant en soufflant dans ses mains, *c'est pas tout ça, les gars, va falloir se réchauffer un coup.*

Nous poussons les affaires de Peter. Elles glissent sans rebondir dans l'abîme et soudain il n'est plus là, plus là du tout.

Peter riait. Peter agaçait. Peter chantait Marlene Dietrich.

Sag Mir Adieu.

Leurs sacs sont prêts. Mes amis sont allés aussi loin qu'ils le pouvaient. Je n'essaie pas de les retenir. Ils ne me demandent pas de les accompagner.

Gio se harnache devant moi en silence, clippe et déclippe le mousqueton sur une corde imaginaire : il me montre les gestes précis à faire lorsque j'atteindrai la corde qu'il abandonnera sur la cascade de glace pour me permettre d'atteindre la partie encore libre de la via ferrata.

Ensemble, nous marchons jusqu'au début de la pente. Pas lourds, gestes défaits. Nous nous serrons la main une dernière fois, Umberto s'arrête avant d'entamer l'ascension. Un regard suffit. « *Tu es sûr ? Tu as bien compris que si tu ne peux pas redescendre par toi-même, personne ne viendra te chercher ? Que chaque jour réduit tes chances de survie ?* »

Oui, Berti, je sais.

Ils montent lentement, deux fusains noirs se déplaçant sans laisser de marque sur une toile blanche. Un ressaut les avale, ils réapparaissent, minuscules sur la crête. Je m'imagine qu'Umberto lève la main et je réponds à son geste – peut-être imagine-t-il le mien. Puis ils vacillent une dernière fois et se changent en ciel.

Je suis revenu sur le glacier dès le lendemain et j'ai creusé, creusé comme si ma vie en dépendait. Bien sûr que ma vie en dépend. Je me force à la même discipline que les autres jours : remonter toutes les heures, sans attendre la somnolence mortelle. Le premier jour, j'ai percé trente centimètres de glace.

Hier soir, la solitude m'a rattrapé. Quand Umberto et Gio m'ont quitté, je suis rentré si fatigué que je me suis endormi sans manger. Mais là, devant mon feu, j'ai pris conscience de ce que c'était que d'être seul. C'est une pression *physique*. L'air qui pousse pour m'écraser, l'univers tout entier qui me fait sentir à quel point je suis mesquin, inutile, une main sur mon visage qui m'impose le silence et m'empêche de respirer. On me répliquera qu'on peut être seul au milieu d'une foule. Foutaises. Je rêve de foule. De bousculades, de piétinements, de corps entassés dans des métros bondés. Je suis entouré de millions et de millions de mètres cubes, d'hectares, de tonnes de rien, de vide et d'absence. Si je tombe, personne ne me ramasse. Si je m'endors, personne ne me réveille. C'est ça, être seul.

Je suis allé me réfugier dans ma tente et j'ai prié pour que le jour se lève.

À l'aube, je me suis remis au travail. Il faut en finir, partir d'ici. Octobre est-il arrivé ? J'ai arrêté de compter. Je lève les yeux vers le rond de ciel éblouissant, dix mètres au-dessus de ma tête. Midi. Plus que quelques coups de piolet. Au fond de mon royaume de cobalt, j'entends plus fort le chant du glacier. La voix de Peter s'y mêle, Marlene dans un corps mort. Je gratte, je frappe, j'évacue. Chorale fantomatique. Surtout, ne pas l'écouter. Je frappe et je gratte et j'évacue de nouveau.

Voilà. J'y suis. Sur la surface d'une main, il n'y a plus d'obstacle entre la grotte et moi.

Il m'a fallu encore deux heures pour dégager un passage assez large. Dans l'excitation, j'ai oublié de remonter et je me suis endormi. Je ne dois la vie qu'à mon piolet, qui, en glissant de mes doigts, m'est tombé sur le tibia, pointe la première. La douleur m'a réveillé et je me suis hissé, tel un ver de tissu dans mes vêtements trempés, vers la lumière. L'abbé Lavernhe avait raison. La lumière sauve l'homme quand tout semble perdu, même s'il l'avait dit le jour du match annuel contre les gars de Buzy, quand le soleil les avait aveuglés et avait permis à notre équipe d'égaliser à la dernière minute.

Le soleil, justement. Il se couche, comme je l'ai imaginé. Je ne l'ai pas fait exprès, c'est un cadeau du hasard. À cette profondeur cependant, ses rayons ne suffisent plus. Je rampe, lampe la première, vers ce sanctuaire dont je cherche la porte depuis si longtemps. Ma flamme élargit l'antre, repousse l'obscurité d'une épaule orange. Un tas de bois flotté s'est amassé près du seuil, énorme et blanc. Sensation étrange de marcher au fond d'un océan.

Je m'arrête net. Je suis en train de gâcher cet instant à fouiller ce lieu comme on chercherait un outil perdu dans le chaos d'une cave. Il faut faire les choses bien. Alors je ferme les yeux et je pense à Leucio. Je pense à ma mère et je pense à Mathilde. À Pépin, à Mme Mitzler, à Marsh, à Deller et même au Commandant. Aux membres de cette expédition enfin, les vivants et les morts.

En rouvrant les yeux, je l'ai vu, là, qui me dévisageait de ses orbites vides, et la stupeur passée, j'ai éclaté de rire.

Je chemine à mon tour vers la via ferrata, trois jours après mes amis. Des nuages de théâtre sont montés des coulisses derrière les cimes, tellement violets, tellement joufflus qu'ils ont l'air faux. Entamer la descente avec le temps qui s'annonce ? Une folie. Attendre le serait davantage.

J'ai trouvé le dragon de Leucio. Je l'ai trouvé qui dormait sur un océan de bois flotté, l'air un peu triste. Ce n'était pas un brontosaure. Ce n'était pas un apatosaure ni un diplodocus. Ce n'était pas un dinosaure du tout mais un bon gros renne, ou un élan. Ancien, sans doute, signe qu'il y a bien eu de la vie sur ce plateau, en tout cas lors de la dernière glaciation. J'ai compris tout de suite comment Leucio, gamin effrayé, fiévreux, avait pu le prendre pour un dragon. Le tas de bois blanc sur lequel gisait la tête avait dû lui donner l'impression d'un squelette gigantesque. Pauvre Leucio, quelle peur il avait dû avoir. Pauvre Stan, quel imbécile.

Cette tête de caribou date de la fin du pléistocène, elle a peut-être dix mille ans. Pour le profane, un trésor. Pour le paléontologue, une curiosité. Ce genre de découverte n'est pas rare. La chute est comique, et j'en rirai un jour. Dans quelques décennies.

Je me harnache mécaniquement devant la via ferrata. Une semaine plus tôt, la vue d'ici m'avait terrassé. Le vert, le brun, le toit rouge d'un cabanon distant m'avaient lacéré la rétine après des semaines de grisaille. Aujourd'hui, tout est blanc. La neige aplanit, égalise en un grand geste autocratique les différences d'altitude. Mon œil souffle à mon pied de faire un pas en avant, lui promet qu'une plaine unie s'étend juste devant lui, qu'il va rencontrer la terre ferme et pas trois cents mètres de vide. Heureusement, Gio nous a bien éduqués. Un autre Stan vérifie chaque geste, chaque mouvement, me maintient en vie.

Je suis prêt, mousqueton dans la main, quand un mur de noir s'abat sur moi, un vertige mental qui m'allonge dans la neige. Je ne sais pas quoi faire ! Je ne sais pas quoi faire de ce mousqueton, de cette corde qui trempe dans les nuages. J'ai bien vu Gio me montrer les gestes, pourtant, je le revois en cet instant même. Sauf que les mains sont floues, je ne me souviens que de ses yeux comme des lacs de montagne.

Par-dessus, par-dessous, j'essaie diverses combinaisons, j'invente mes propres nœuds. Rien à faire. Je ne comprends pas par quels mystérieux entrelacs ce bout de métal et ce morceau de chanvre peuvent s'accoupler pour retenir une vie. Et encore moins comment j'ai pu envisager de faire seul, sans la moindre expérience, ce que d'autres mettent des années à apprendre.

À quatre pattes dans la neige, je m'éloigne du gouffre et je fixe la combe qui s'étend devant moi, celle dont je viens. Je n'ai pas pleuré depuis longtemps. Je n'ai pas pleuré à la mort de ma mère. Pas parce que je n'en avais pas envie, au contraire, j'avais le crâne plein d'une eau brûlante qui ne demandait qu'à jaillir, mais le Commandant me fixait et je ne voulais pas *faire la fille* devant lui.

Je pleure enfin sur l'immense gâchis dont je suis responsable, sur le gamin que le glacier a pris, sur l'amitié que la montagne a usée, sur ces foutues cordes et mes mains incapables, sur la folie aussi, la folie qui m'a saisi et dont les raisons importent peu. J'ai voulu croire à un conte. Ça tombe bien, l'intitulé en est un : je vais devoir vivre dans un château de glace jusqu'à ce que le printemps m'en délivre.

HIVER

Je ne l'aurais pas fait sans cette affaire d'héritage, de papiers à signer en personne chez le notaire, une histoire de compte en banque oublié par ma mère dans son pays d'origine. Je dus passer une nuit dans l'antre du monstre. Je dus revoir le Commandant. C'était il y a dix ans. Ce fut notre dernière rencontre.

Je n'étais pas revenu depuis que j'avais quitté le village. Une ferme, ça ne change pas, et j'arrivai par une saison blanche qui ressemblait aux autres. Je frappai, personne ne répondit. L'atelier était vide, la grange aussi, je poussai la grande porte de bois.

— Papa ?

L'intérieur sentait la vieillesse, celle des pierres et celle des hommes. La maison exsudait son silence d'âtre froid, un souvenir de soupes et d'aigreurs d'estomac.

— Papa ?

Il était allongé dans le salon, un guéridon renversé à ses pieds, entouré de la collection d'angelots de ma mère, en miettes. Il me repoussa quand je voulus l'aider à se relever. Ces putains de crise, il marmonnait. Il ne me dit pas bonjour, et je ne lui demandai pas combien de temps il avait passé comme ça, allongé dans son purgatoire de porcelaine, les membres raides de goutte et de fierté mal placée. D'un pas traînant, il alla s'asseoir à la table du salon. La nappe était la même, mais l'océan de carreaux rouge et blanc était devenu une flaque. Tout était minuscule, bas de plafond. Il se servit un verre, se frappa le front, en prit un deuxième qu'il remplit à ras bord avant de le pousser vers moi.

Alors mon fils, comment vas-tu ? Raconte un peu. Tu me manques. Pas plus tard qu'hier je parlais encore de toi.

— Tu te rappelles le fils à Castaings ? Ben il a repris l'exploitation du père. Ils vont agrandir. Ça marche du feu de Dieu.

Moi aussi tu m'as manqué, papa. Il faut que tu te ménages un peu. Tu devrais peut-être engager quelqu'un pour t'aider. Je vais venir plus souvent.

— Je suis professeur à l'université, à Paris.

Je savais que tu irais loin, fiston. Je suis fier de toi, va.

— Et ça fait quoi, un professeur ?

— De la recherche.

— Qu'est-ce tu cherches qu'on a pas ici ?

Vingt ans de silence, d'un silence profond comme une auge vide au cœur de l'été, et nous n'avions rien à y verser, pas une goutte. Le Commandant repoussa sa chaise avec une grimace pour prendre une autre bouteille sur le vaisselier. Je fis un geste vers lui et il gueula :

— J'ai pas besoin d'aide, bordel !

Soudain il cessa d'être vieux, ratatiné dans son maillot gris. Quand il se rassit, c'était un géant aux bras comme des troncs, un jongleur d'enclumes, une brute capable de danser avec cette étrange délicatesse qui avait séduit ma mère sous les feux d'artifice d'un 14 Juillet.

— Pendant des années je me suis saigné, hein, pour toi et l'Espagnole. Et comment que vous m'avez remercié ?

Deuxième verre. Je n'avais jamais vu le Commandant ivre. Quand il cognait, il était toujours sobre.

— Va savoir pourquoi tu pouvais pas être comme tout le monde. Les pieds dans la bonne terre, voilà, un homme qui connaît sa place. Et c'est une belle place, la terre – *troisième verre*. D'où ça te vient, cette idée de faire des études, comme si on était pas assez bien… Moi je t'aurais éduqué autrement. Comme pour l'histoire du clébard.

Pépin ?

— Quelle histoire ?

— C'est ta mère qui voulait rien dire. Moi je t'aurais dit la vérité, comme à un homme. Ce clebs, il m'avait mordu une fois de trop. Et après l'histoire avec le fils à Castaings, je voulais pas d'ennuis. Un animal comme ça, dans une ferme, c'est dangereux. C'était la chose à faire. Derrière l'étable, entre les yeux, il a pas eu mal.

Ma mâchoire tremblait. Mes lèvres, mes

yeux, mes dents. Je me levai lentement et je me dirigeai vers la porte. Je me retournai sur le seuil pour une parole d'adieu.

— Je ne regrette qu'une chose. De t'avoir raté, ce soir-là.

Il se gratta la joue, il était mal rasé, il flottait dans sa peau comme dans un pyjama trop grand au soir de sa vie.

— C'est à cause du recul, expliqua-t-il en haussant les épaules.

J'ai pensé à leur rencontre. J'ai frotté mes parents comme du cuivre ancien pour en effacer le noir. Redressé leurs têtes, aminci leurs corps, rallumé leurs yeux. Ils avaient dû s'aimer l'espace d'un instant, quand ils avaient tournoyé sous les lampions du 14 Juillet, à moins qu'ils ne soient restés fixes pendant que le reste se mettait à tourner. Ton père était beau, avait dit ma mère, et il était doux, et il dansait comme un dieu. J'ai pensé à leur rencontre mille fois, le plus souvent la nuit, quand j'avais l'impression d'étouffer. Il fallait qu'ils se soient aimés, sinon quelle raison j'avais d'exister, moi, de respirer, de prendre la place d'un autre ? Mais alors, il était parti où, cet amour ? Je l'ai cherché sous mon lit, dans les murs froids, dans la forêt, dans les yeux de ma mère puis dans ceux d'autres femmes, et j'ai fini par comprendre qu'il s'était changé en pierre. Elle avait dû rouler quelque part, passer par le trou d'une poche, et peut-être même qu'ils l'avaient un peu cherchée, mais va-t'en retrouver une pierre dans la caillasse du monde.

À la gare, en attendant le train pour Paris, je fus abordé par un homme que je ne reconnus pas tout de suite. C'était l'ancien capitaine de la gendarmerie, celui qui n'avait pas voulu chercher Pépin, l'ami du Commandant. Il revenait de Bordeaux, m'apprit-il, il s'était fait enlever des calculs, la première fois que je suis doué en maths ! s'exclama-t-il en riant tellement fort que le chef de gare, assoupi au guichet, se réveilla en sursaut.

Même si je n'avais pas envie de faire la conversation, je me montrai poli. Oui, j'étais paléontologue, sourcils froncés de l'ex-capitaine, *paléontologue*, oui c'est ça, un genre de médecin, si vous voulez.

— En tout cas, mon gars, y a un truc qui est sûr, c'est que tu tiens de ton paternel, me dit-il au moment de nous séparer.

— Pardon ?

— Ben oui, tu sais, Henri et moi, on a fait une partie de notre primaire ensemble. Puis il a dû arrêter l'école pour travailler à la ferme, après ce qui est arrivé à ton grand-père à cause des Schleus. Tu te souviens ?

— Je ne l'ai pas connu.

— Soir de Noël 1870. Les Alboches lui envoient une grenade toute neuve en cadeau. Il veut leur renvoyer, hein, *nein danke*, et là, blam, elle lui pète à la gueule. Il a eu de la chance d'y laisser qu'un bras, le vieux. Bref, à son retour, la maîtresse va voir tes grands-parents, elle leur demande de pas sortir ton père de l'école, elle dit qu'il commence à écrire mieux que les autres, qu'il ira loin, clerc de notaire, peut-être même. C'est pour ça que je dis qu'il te ressemble. Henri, il aurait bien continué, m'est avis. Ta grand-mère était d'accord, mais ton grand-père leur a vite rappelé qui était le patron… Même avec un bras, il se faisait respecter. Il fallait de l'aide à la ferme, c'était comme ça et pas autrement. Pas comme maintenant, avec toutes les machines. Tu vois, Henri, ça aurait pu être un intellectuel, lui aussi. Peut-être pas de ton niveau, d'accord, disons un intellectuel d'ici. La seule différence entre ton père et toi, au fond, c'est que lui, il était bagarreur. Et toi… ben non.

Je lus de la pitié dans ses yeux, de la pitié pour quelqu'un qui ne savait pas se battre. Puis mon train arriva, sifflet, le 15 h 14 pour Paris va partir, en voiture messieurs-dames, attention au départ.

Appelez-moi neige : je ne suis plus rien d'autre. Elle est partout. Sur les montagnes et dans les creux, en équilibre sur les crêtes. Dans mon col, dans mes chaussures, dans mes gants. Dans mes poumons, dans ma bouche et dans mes yeux. Sur mes cils, dans ma barbe, dans ma tente. Je ne suis que neige.

Les premières semaines ont été difficiles. D'abord, il y a eu l'euphorie. L'euphorie de constater que nos provisions de viande et de fruits secs, assez pour une armée, me permettraient de tenir. Gio avait fait monter le camp à un endroit sûr, je n'avais pas à craindre les avalanches. Quant au froid, il était supportable. J'avais presque cinquante litres d'huile que j'utilisais pour lancer un petit feu, chaque soir, avec parcimonie, bouchon par bouchon. Je le démarrais aussi près de la tente que je l'osais et lorsqu'il commençait à décliner, je rentrais me rouler en boule autour de sa chaleur.

J'ai vite compris que, dans ces circonstances, c'est de l'esprit qu'il faut se méfier. Faute d'objet pour fixer son attention, il se retourne contre lui-même et se dévore lentement. Alors je récite, je ressasse, je révise tous les jours mes études. J'égrène les périodes géologiques, cambrien, ordovicien, silurien, jusqu'au quaternaire, puis je les divise en époques, paléocène, éocène, oligocène, je date, je jongle avec les chiffres, à l'endroit et à l'envers, je reforme l'Univers dans ma tête, je crée le Soleil, je modèle la Terre, les climats, je donne la vie au fond des océans, j'écarte les continents, l'Asie par ici, l'Amérique par là, je les couvre de monstres comme celui que je cherchais, je les éteins, je marche courbé, je me redresse, j'invente le feu, le métal, j'érige nos villes, je remonte un couloir jaune jusqu'à mon bureau au sous-sol, je m'y assieds et je m'endors, épuisé. Le lendemain, je recommence.

Le plus difficile, c'est le silence. Il a neigé, plusieurs fois. Je n'entends plus le glacier craquer. Je n'entends plus le moindre oiseau. Il n'y a que le vent, dont j'accueille les trop rares visites avec joie. Lorsqu'il souffle du sud, du bas-pays, je ferme les yeux et je tends mes sens, je m'efforce de saisir tout ce qu'il a emporté sur son passage, les bribes de conversation, les soupirs amoureux, le grincement des enseignes, l'odeur du goudron, la sonnette d'un vélo et une cantate de l'Avent, tout ce que mon imagination peut y fourrer.

Je chante aussi un peu, mais j'évite de me parler à voix haute. Combien de pauvres types ai-je croisés en allant travailler, hirsutes, marmottant des paroles incompréhensibles, errant au petit matin dans leur propre neige ? Même si je ne dois pas être loin de leur ressembler, je refuse de les imiter. Je m'accroche à ce qu'il me reste de dignité.

Je pense souvent à Umberto et à Gio. Sont-ils rentrés sains et saufs ? Oui, ils sont partis avant les grandes tempêtes. Umberto sourit à sa fiancée de ses grandes dents bien blanches – est-il déjà marié ? Le calendrier que je tiens sur un calepin indique que nous sommes mi-novembre. Pendant une semaine, chaque soir sous ma tente, je m'invite à ses noces, un festin interminable. On y sert, dans la clémence des rives d'un lac italien, des mets simples dont l'évocation me fait saliver : des fruits juteux, un poisson grillé, de la brioche. Surtout de la brioche, avec peut-être dessus la confiture du Commandant, la seule chose qui pourrait encore empêcher le vieux d'aller brûler en enfer. Le peu de bonté qu'il avait en lui s'épuisait là, autrefois, dans une tourmente de coings, de pommes et de sucre.

Je ne suis pas retourné sur le glacier. L'accès est trop exposé et plusieurs avalanches ont déjà, sous mes yeux, balayé notre route habituelle. Et puis, à quoi bon ? Notre trou est bouché, nos traces effacées, ont-ils même existé, se demande le glacier, ou ai-je rêvé ces imbéciles ?

Un autre jour se lève et je reconstruis le monde pour ne pas devenir fou.

Un blizzard a voulu m'assassiner. Pendant deux jours, la neige est tombée en tourbillons qui ont remodelé le paysage. Impossible de dormir plus de trois heures d'affilée sous peine d'être enseveli. Je lutte, m'accordant un minimum de sommeil, contre cet ennemi tournoyant, ce derviche menteur qui ne s'arrête que pour le plaisir de reprendre. Ne surtout, surtout pas penser aux mois qui me séparent du printemps. Survivre une minute. Puis une autre. *Allez, ouvre grand*, Nino, *encore une, juste une cuillère, c'est pour ton bien, ton corps ne fait pas assez de magnésium.* Se boucher le nez, avaler les minutes, résister encore un peu.

Mes mains sont gelées. Par miracle, j'ai réussi à allumer un feu, profitant d'un répit dans la tempête. Il m'a coûté une importante quantité d'huile. À sa lueur j'ai contrôlé mes doigts, redoutant la morsure noire de l'engelure. J'avais enroulé des bandelettes de tissu par-dessus mes gants – elles m'ont sauvé la vie.

Après trois jours, je me suis affalé dans ma tente, trop épuisé pour lutter. Je savais que la mort ne serait pas douloureuse. Le blizzard, beau joueur, a décidé d'aller tourmenter une autre vallée, un autre pays, et j'ai rouvert les yeux sur un matin de soleil.

J'ai trouvé, au fond de mon sac, un petit miroir cassé, dans la trousse de toilette que j'avais apportée de Paris. Je ne l'avais pas ouverte depuis plusieurs semaines.

Je me surprends dans un reflet. Novembre blanchit mon visage. Non, pas un visage : un paysage de givre d'où émerge un nez brun, des yeux brûlés, coincé entre le col d'une veste et un bonnet bas. Mes lèvres sont invisibles. Seul le nuage collé à ma barbe indique qu'il y a de la vie dans cette forêt, qu'un homme respire au fond.

Selon mes calculs, nous serons demain le 1er décembre. Et même si je me trompe d'un jour ou deux, peu importe. Je suis encore là, vivant. Pas mal pour une *femneta*, un type qui ne sait pas se battre, une lopette.

Stan prend la tangente dans son beau costume noir. Le monde est bien moins dur à travers le miroir. Cheveux lissés, chaussures cirées. Un pas en avant et tout est oublié. Les hommes qui tournent dans le salon, les mains qui dérangent ses cheveux, réveillent ses épis qu'il faut aplatir, aplatir encore. La boîte aux flancs de chêne au milieu de la pièce, « du chêne, t'as fait les choses bien », a dit le voisin au Commandant. Le gamin du miroir y a glissé son plus vieux fossile, pendant que personne ne regardait, juste avant qu'on referme. Un trilobite. *Reste pas planté comme un crétin devant la glace, on va être en retard à l'église.* Ils sont forts, ces hommes, ils soulèvent la boîte comme si elle était vide. Peut-être qu'elle l'est, vide, il n'a pas vérifié. Sa mère est peut-être partie au-delà des collines, il ne lui en voudrait pas. Il aimerait faire pareil, un pas en avant, *bon sang qu'est-ce qu'il fout ce gosse collé à ce miroir !* mais il faut qu'il reste, il n'est pas assez grand, il ne peut pas traverser, pas encore.

L'enfant du miroir tourne les talons et s'éloigne. Un jour Stan partira aussi, patience.

Décembre m'écorche. Je n'ai jamais eu aussi froid de ma vie entière. Une inspiration, mille oiseaux blancs aux ailes coupantes. Se forcer à manger, méthodiquement. Une semelle de viande, un fruit sec, une gorgée d'eau. Plusieurs fois par jour, recommencer.

Umberto s'inquiète-t-il pour moi ? Me croit-il mort ? J'espère qu'il ne s'en veut pas de m'avoir quitté. Il fallait qu'il rentre, qu'il se sauve. Il y a déjà trop d'occasions dans le monde de mourir de la folie des autres. Pourtant, je suis parfois pris d'une rage irrationnelle : pourquoi ne vient-on pas me sauver ? Que font les villageois ? Je connais la réponse, bien sûr, je fais juste semblant, parce que ça me rassure de pouvoir m'indigner. Le défilé qui mène à la via ferrata est le royaume des avalanches et ces gens ne viendraient pas davantage chercher l'un des leurs s'il avait choisi de braver les éléments, de s'échouer de lui-même sur ces rivages célestes. Dans ces vallées on respecte trop les fous, les saints de demain.

Joyeux Noël, Nino !

C'est toi, maman ? Attends, je t'ai préparé un cadeau, il doit être quelque part.

Voilà, cette boule de neige bien ronde, bien blanche, je l'ai faite pour toi. Et ce soir, c'est dîner de fête. Viande séchée sur tranche de fruit sec, suivie d'une tranche de fruit sec sur viande séchée. À boire, l'eau la plus pure que tes lèvres aient touchée, cueillie au plus près de sa source, la bouche à même la pierre qui gargouille. Puis nous chanterons et nous danserons et je t'offrirai ton véritable cadeau. Je t'offrirai l'été.

Je ne me souviens plus de ce que j'ai fait hier. Et aujourd'hui, je me suis retrouvé à hauteur de taille dans la neige, en bas de l'escarpement qui monte à la via ferrata. Je ne me rappelle pas avoir quitté le camp, je n'ai pas la moindre idée de la façon dont je suis arrivé là. Je me souviens juste d'avoir déblayé la neige devant ma tente, comme tous les matins, puis j'ai fermé les yeux et je les ai ouverts quelques centaines de mètres plus loin. C'est le mal des bergers, celui du vieil Aimé. J'ai peur.

La nouvelle année a commencé. Je crois sentir dans l'air un réchauffement, à moins qu'il ne s'agisse de mon imagination. Quand la glace fondra-t-elle ? Quand pourrai-je de nouveau emprunter l'échelle et quitter ma prison ? Je me force à espérer.

Je
Vais
Survivre.

S'occuper l'esprit, jour après jour.

Liste de ce que j'aime. Les chiens. Le miel, celui qui coule. La couleur, n'importe laquelle. Les trains, les matins de septembre, les matins de mois qui n'existent pas mais que je peux inventer, qui me le reprochera ? Les chapelles où personne ne va plus, celles creusées dans la nuit par des années de patience, les tunnels et la lumière qui clapote au fond, les baleines, les silences au pluriel. Et l'Amérique, bien sûr.

Liste de ce que je n'aime pas. Le silence – singulier –, le vent du nord, l'indifférence qui tient froid, le jaune d'œuf, mon deuxième orteil plus long que le premier, le blanc d'œuf, avoir dix ans sans ma mère, onze, douze, treize, cinquante-deux, décidément, ça ne passe pas.

Liste des femmes que j'ai aimées… Non, assez de listes pour aujourd'hui.

Debout dans la neige, non loin de la via ferrata cette fois. J'avais dû marcher deux bonnes heures pour arriver là et je n'en avais pas le moindre souvenir. Plus grave : le froid est revenu, aiguisé comme jamais. Son fil bleu incise l'air au moindre mouvement. Il lacère ma tente, mes vêtements, sans le moindre effort.

Je me suis astreint à une nouvelle routine pour endiguer mes dérives amnésiques. Tous les matins, je me force à déblayer le chemin qui mène à l'escarpement. S'il ne neige pas, je poursuis mon œuvre le long de la pente. S'il neige dans la nuit, je recommence tout. C'est un travail épuisant, ingrat, mais c'est la route que j'emprunterai pour sortir. Chaque geste est un éclat d'avenir.

Je perds du poids. Une mauvaise toux m'a cloué plusieurs jours sous ma tente, accompagnée de fièvre. Il doit être écrit, dans un grand livre de comptes, que je n'ai pas fait mon temps. Je me suis réveillé un matin les poumons clairs, faible comme un nouveau-né. Guéri.

Février commence. Et le froid, le vrai, est arrivé.

Blanc dehors. Le phénomène tant redouté des alpinistes, le monde soufflé. Le paysage emporté par le vent. Plus d'ombre, plus de relief, plus de haut ni de bas. Juste l'infini, l'égalité blanche dans toutes les directions, la nausée qui vous allonge par terre, les mains qui brassent l'air pour remonter à la surface, à la surface de quoi ? Tout est surface, tout est fond. Tout est pareil, tout est blanc. Le corps virevolte, tourbillonne, chute sans fin dans ce néant. S'allonger. Ne pas bouger, attendre. Attendre la fin du blanc dehors.

Maintenant je sais. Je sais à quoi ressemble l'hiver dans ces montagnes. C'est une locomotive. Une machine furieuse, un délire d'étincelles qui danse sur ses rails, un rire d'acier à l'horizon. Elle hurle, elle se cabre, elle tire en bondissant son cargo de fonte. Je parle bien sûr de l'hiver pur, pas de la saison câline qui effleure chaque année nos existences de plaines et de villes. Je parle d'un dieu vorace dont la colère rabote les cimes et ponce les crêtes. Il donne de l'audace aux glaciers et souffle, perché sur ses montagnes, son mépris pour la vie. Il est destruction. Il est beauté à couper le souffle.

Plus question maintenant de déblayer mon chemin comme tous les jours. L'astuce a fonctionné et semble avoir ramené mon esprit à lui-même – pas la moindre amnésie depuis que j'ai commencé. M'éloigner de la tente plus de dix minutes est devenu impensable. Et même ces dix minutes me valent ensuite une heure de tremblements incontrôlables, blotti sous mes couvertures. Je n'ai pas honte de dire que je fais mes besoins à l'intérieur, dans une vieille écuelle dont je jette ensuite le contenu au loin. Mourir, d'accord, mais je ne veux pas qu'on me retrouve le cul à l'air dans une fosse d'aisances.

Le vent souffle maintenant presque tous

les jours. Il ne vient plus du sud, c'est un vent blanc et creux, plein d'angles et d'arêtes, et je m'accroche à mon âme. Il ne s'arrête qu'à la nuit. Et quelle nuit ! Elle tinte comme un verre de cristal. Ces étoiles, mon Dieu, ces étoiles… Si je m'endormais une dernière fois en les contemplant, je ne serais pas malheureux. Je n'ai que cinq minutes pour les admirer, entre le moment où mon feu s'éteint et celui où je rentre. Le noir revient alors et elles me poudrent les joues d'un talc chatoyant. Elles me manqueront, à mon retour. Car il faut peu de chose pour tuer une étoile. Il suffit d'un réverbère.

C'est idiot, Mathilde. Je t'aime encore. Toute la raison du monde ne peut rien contre un peu de blondeur. Nous nous croiserons peut-être au détour d'un boulevard. Nous tressaillirons, *tu n'es pas… ?* Nous nous reconnaîtrons, *mais si, ça alors, tu te rappelles quand… ?* Et nous recommencerons. Tu me consoleras et tu me raviras. Je serai moins dur, j'aurai du rire aux lèvres, l'œil bleu de celui qui se sait protégé. Tes cheveux seront plus blancs, ton visage resserré par les ans. Je m'en moquerai, je m'en moquerai comme des feuilles qui tombent et qui ne blessent pas l'arbre, je m'en moquerai comme d'un nuage qui ne fait rien au soleil. J'emprunterai les chemins tracés par tes rides. Tu ne pourras jamais ne plus être belle.

Mais nous ne nous croiserons pas, bien sûr. Et je continuerai de trébucher sur des chemins de glace.

Tout a gelé. Je marche dorénavant sur la neige sans m'y enfoncer. J'ai eu l'imprudence, il y a quelques jours, de laisser mes chaussures trop près de la toile de la tente en me couchant. Leurs lacets, au matin, étaient comme des tiges et j'ai dû allumer un feu en plein jour pour les dégeler. Si je les avais chaussées pleines de cette froideur mortelle, j'y aurais laissé mes orteils.

Ma réserve d'huile diminue à une vitesse bien supérieure à mes prévisions. Mon stock de bois est terminé depuis longtemps, je brûle désormais du combustible pur auquel j'ajoute parfois des morceaux de la tente à trois pans qui servait d'abri à notre équipement. Chaque jour de froid diminue mes chances de survie. Si j'atteins la fin du bidon, je ne reviendrai pas. Je saignerai ma chaleur petit à petit, sans que mes doigts crispés puissent la retenir. Je n'ai pas vu le soleil depuis une semaine. Il n'y a plus d'espoir que dans dix ou quinze litres d'huile dont le clapotis lourd hante mes rêves.

Hier soir je frissonnais, tremblant, niché dans trois épaisseurs de vêtements. La nuit était noire. Je parle de ce noir mystique qui est absence de tout, pas juste de lumière, le genre de nuit où on ne ferme pas les yeux par peur d'ajouter des ténèbres aux ténèbres. Et dans ces heures pas comme les autres, soudain, *j'ai entendu du bruit.*

La chose a tourné pendant plusieurs minutes comme un soupir autour de la tente, sans autre son que celui de la neige qu'on dérange. Je n'ai pas osé bouger. Qu'est-ce qui pouvait vivre ici ? Un lapin ? Le visiteur déplaçait trop d'air, je percevais sa masse, la place qu'elle occupait dans l'espace avec cet instinct d'homme d'avant l'invention du feu, constamment menacé, toujours sur ses gardes.

J'ai pensé à un spectre. Le fils de Gio, venu m'implorer de l'aider ? Peter, criant vengeance des profondeurs du glacier ? Tous les contes et légendes de mes Pyrénées natales me hantaient, bondissaient dans mon esprit en une danse macabre. Un drac, peut-être, cet âne affable contre lequel l'instituteur nous avait mis en garde, qui prenait les petits à la sortie de l'école, s'allongeait pour en faire monter toujours plus et allait les noyer dans la rivière ? J'ai fini par crier, une grande supplique d'enfant qui se réveille d'un cauchemar, et les bruits ont cessé. Le froid oublié, j'ai guetté toute la nuit l'éclaircissement de ma toile, le passage de mon cocon du noir au kaki, du kaki à l'émeraude, de l'émeraude à l'anis.

Même là j'ai encore attendu, une heure peut-être. Enfin je suis sorti, brandissant mon canif ridicule. J'étais seul avec mes montagnes, comme tous les jours. Mais les traces imprimées dans la neige, les sillons du corps qui s'y était traîné… Je n'avais pas rêvé. J'ai frissonné d'effroi en identifiant l'auteur de ces tranchées sinistres. Un spectre ? J'en rirais presque, maintenant. J'échangerais tous les fantômes du monde contre mon visiteur nocturne. Les traces étaient celles d'un loup.

Allons-y, Barbe-Blanche, dieu amer et mesquin, cartes sur table. Que t'ai-je fait, au juste ? Je suis allé à l'église tous les dimanches pendant des années sans protester, parce que j'adorais la façon dont ma mère s'accrochait à toi, priant à mi-voix, ma main dans la sienne. Parce que j'adorais la sentir trembler quand tu descendais au moment de l'élévation, abracadabra, et que tu te coinçais dans l'hostie toute plate, si fine que je me demandais comment tu pouvais y tenir. Je ne suis pas plus pécheur que n'importe quel autre homme. Je n'ai jamais volé, encore moins tué, et s'il m'est arrivé de convoiter la femme du voisin, c'est qu'il n'en voulait plus. Puisque nous réglons nos comptes, tu veux que je te parle des fois où j'ai trouvé maman en larmes au fond de la grange, l'arcade fendue ou la lèvre en sang, et qu'elle me suppliait de ne rien dire à personne ? Des histoires comme ça, j'en ai d'autres, je pourrais passer l'hiver à te les raconter. Alors non, ne me dis pas que je les ai mérités, ce froid, cette solitude, ces douleurs. Et maintenant, *un loup* ? Tu es bien pire que moi, Barbe-Blanche. Et ton péché mortel, je l'ai gardé pour la fin : c'est de ne pas exister.

Mon feu brûle maintenant toute la nuit. Quand la bête se découragera-t-elle ? Elle est là, toujours, je vois sa trace au matin. Je somnole, j'alimente mon feu en languettes de toile trempées dans l'huile, elles en prolongent la combustion.

La nature a fait le loup à la perfection. Il me regarde m'épuiser et m'agiter, sans impatience. Il sait, avec la science de son espèce, qu'un feu finit toujours par s'éteindre. Et moi je mène mon combat d'homme, comme tant d'autres avant moi. Instinct contre instinct.

Je n'ai jamais vu l'animal. Il tourne aux confins des ténèbres, pas exactement où le feu s'arrête mais un peu plus loin, pour cacher ses yeux. Il est noir, lui aussi, je trouve de temps en temps une touffe de ses poils dans la neige. J'ai même eu l'idée stupide de l'apprivoiser, je lui ai laissé une nuit l'offrande d'un peu de jambon. Il n'y a pas touché. Il n'a qu'à attendre.

De la soumission je suis passé à la folie. Ce soir, j'ai pris mon couteau et j'ai plongé en hurlant dans la nuit, je l'ai tranchée à grands coups aveugles en criant à mon loup de venir, s'il était un homme. Il n'est pas venu, évidemment.

Dernier bouchon d'huile. Je contemple mon bidon rempli de vide. Sans combustible, la toile de tente ne brûlera pas. Après une semaine de lutte, je rends les armes. J'attise les dernières braises, je bats en retraite sous ma tente, ma terreur plein les mains. Où es-tu, Pépin, quand j'ai le plus besoin de toi ? L'ennemi viendra ce soir. Il y a trop de fissures et je ne peux pas toutes les surveiller, pas tout seul. Faire de son corps une boule, bien ronde, pour ne pas laisser de prise.

Au petit jour réveil en sursaut, abasourdi d'avoir dormi, abasourdi d'être en vie. Le loup m'a épargné. *Épargné*. J'émerge de ma tente en plein soleil, une promesse de printemps dont l'éclat m'aveugle. Mes yeux protestent, filtrent la lumière qui les brûle. Un appétit d'ogre me tord le ventre. Je pourrais engloutir une vallée entière tellement j'ai faim, avec ses arbres, ses hommes, ses bêtes, avec ses pierres qui craquent sous la dent et ses feuilles qui collent à la langue, je ferais passer le tout en buvant un fleuve. Quelques pas dans la neige qui soupire et qui craque, se tasse comme un accordéon.

Vivant. Et puis je vois. Là, devant moi, le désastre. Je ne mangerai ni vallée, ni hommes, ni bêtes. Mon histoire d'ogre s'arrête là. Je ne mangerai plus jamais.

Le coffre qui contenait mes provisions est éventré, vide. Il ne reste rien. Après sept mois dans cette combe, moi le naufragé de l'hiver, un pauvre tas d'os, de poils et de muscles fibreux, je n'ai pas pensé un seul instant à mettre mes provisions, mes jambons italiens et mes fruits secs, à l'abri. J'ai cru que c'était à *moi* que la bête en voulait.

Gio avait raison. En montagne, on meurt d'arrogance.

La faim a commencé presque tout de suite. C'est drôle : je me forçais à manger quotidiennement, je maudissais chaque bouchée de viande séchée et son sel qui me brûlait les lèvres, chaque fruit et son sucre qui me les soudait ensuite. Soudain je ne rêvais que d'eux. D'y goûter encore une fois, juste une fois.

Le premier jour j'ai cherché des restes, je me suis préparé un cône glacé avec les miettes de ce que je trouvais et je l'ai dévoré. Le loup avait bien fait le travail. Il n'avait rien gâché, rien abandonné que par mégarde. Je l'imaginais dans sa tanière, abruti de bouffe, remerciant dans son ivresse des dieux sombres et sans nom.

Le lendemain j'ai mangé de la neige. Les yeux fermés, je la parais de saveurs exotiques : sorbet mangue, fleur d'oranger, encore un peu de fruit de la passion, peut-être ? Je mâchonnais un petit bout de bois, quelle délicieuse réglisse ! L'illusion a fonctionné quelques minutes, puis mon estomac s'est rebellé. J'ai vomi un torrent d'eau glacée.

Aujourd'hui, les lichens. Je dégage les rochers affleurants, j'y colle mes dents et j'essaie d'arracher de quoi survivre. Le rocher me prend plus d'émail que je ne lui prends de lichens et j'ai fini par renoncer. La faim est devenue une douleur physique, un coup de couteau dans l'estomac. Mais tout ça n'a plus d'importance. Nous sommes à la mi-février 1955 et moi, Stanislas Henri Armengol, né en 1902 à Tarbes d'Henri Manuel Armengol, dit le Commandant, et de Maria Dolores Jimenez, dite maman, je viens de comprendre que je ne mourrai pas de faim.

La neige tombe depuis une heure. J'avais cru au printemps, pourtant, je l'avais appelé. Mes prières ont rebondi contre un ciel de métal. Un duvet blanc descend, traversé de bourrasques comme des pizzicati. Je sais ce qu'elles annoncent et le voilà bientôt, leur maître, le grand mistral aux hurlements cuivrés. Lors du premier blizzard, il avait violenté ma tente courbe, il n'avait su par où la prendre et il était reparti, furieux, ruminer sa revanche. Cette fois, le savoir-faire de Gio n'y peut rien. Il a cueilli la toile par l'intérieur, par la porte que j'avais laissée ouverte par imprudence. La tente a gonflé comme une bulle exhalée par la terre. Je n'étais pas loin. J'ai couru, rattrapé de justesse une corde qui filait dans la neige. Elle m'a mordu les doigts malgré mes gants, le mistral a tiré d'un côté, moi de l'autre. Il m'a traîné dans la poudreuse en un labour furieux, *lâche, imbécile !* J'ai serré de toutes mes forces, ignorant la douleur, retenant la voile folle dont dépendait ma vie. Et puis par fatigue, par lassitude, j'ai obéi au vent. J'ai lâché, les doigts gonflés de froid et de sang.

Face dans la neige, longtemps. Tout brûle, ma peau, mon souffle, dedans, dehors. Bouger. À genoux. Revenir au camp. De mon abri, il ne reste qu'un cercle d'herbe brûlée, cette herbe que je n'ai pas vue depuis si longtemps, cette herbe que j'ai connue si fraîche, si pleine de rêves verts, et qui déjà blanchit.

Je ne mourrai pas de faim, non. Le froid m'emportera le premier, et c'est très bien comme ça.

La nuit termine sa ronde. Le vent a redoublé et couche la neige en grandes semailles horizontales. J'attends, le dos à un rocher. Je n'ai pas peur. L'épisode des frissons a duré deux heures. Mon rythme cardiaque ralentit, un tchou-tchou de nuages blancs quitte mes lèvres comme un train miniature. Pas de vœu du condamné à mort pour moi. Je n'aurais pas dit non à un morceau de chocolat, pourtant. J'aurais bien aimé, aussi, m'écorcher une dernière fois les mains au corps d'une femme.

Je n'ai pas peur.

Je déploie mes doigts devant mes yeux. La crasse, les cals, les rides et les blessures. Laquelle de ces lignes est ma ligne de vie ? On m'a parlé autrefois d'un aventurier qui, trouvant la sienne trop courte, l'avait prolongée d'un coup de couteau. Pour gagner quoi ? Couteau ou pas, on arrive vite à court de paume. Rallonger sa ligne de vie, quelle idée. Nos mains sont trop petites pour retenir quoi que ce soit d'important.

J'ai sommeil.

Il faut. Ouvrir. Les yeux. *Ouvre les yeux, Nino, c'est l'heure de l'école.* Je repousse Pépin qui me lèche le visage, son haleine sucrée de chiot. Je ne suis pas chez moi, je le sais bien. Je suis dans ma montagne. Pour la première fois, je l'entends, je l'entends vraiment. La montagne est une symphonie, *Bewegt, nicht zu schnell*, du mouvement, mais pas trop. J'ai toujours aimé Bruckner.

Ouvre les yeux. J'ai oublié quelque chose, quelque chose d'important.

J'entends la neige, les cristaux qui craquent. Loin dessous, la terre s'agite déjà, un germe se déploie, tend une vrille vers la surface. J'entends les rivières noires qui suintent et je m'enfonce encore, plus bas, jusqu'au bouillonnement mou d'un volcan. Des voix, de la musique, les ondes radio de l'Univers. La sève qui monte dans le tronc d'un arbre, la déchirure d'un œuf d'insecte dans son berceau de mousse. Le printemps m'a exaucé, il n'est pas si loin, il suffisait de tendre l'oreille. Voilà, Aimé, j'écoute.

Je dois me réveiller. Une affaire avec un loup. Au fond du lac je sombre doucement, la glace fracassée par mon poids brille à la surface, loin, mes livres flottent hors de mon cartable, puis c'est le fond vaseux, la peur qui laisse place au bien-être, les grandes herbes qui montent comme les cheveux de maman quand elle se penche pour m'embrasser, mais non, mon heure n'est pas venue, des mains m'appellent, d'un coup de talon je remonte à la surface et j'avale une immense goulée d'air.

La tempête rage. Je ne sens plus le froid. Je me souviens. Une remarque de Gio, lointaine. *Il n'y a pas de loups sur ce plateau, « sauf s'ils connaissent un passage que j'ignore »*. Il y a peut-être une voie, un moyen de sortir de cette combe autre que la via ferrata.

Debout dans la neige. Comment suis-je arrivé là ? Ah oui, la trace du loup. Je la remonte depuis une heure. J'ai somnolé juste une minute, adossé à une congère pour reprendre des forces. Sous mes pieds, la trace est encore claire malgré la tempête. Elle monte sur le flanc est de la combe, celui que je connais le moins. À force de marcher, je me réchauffe, j'ai dû abandonner ma veste et mes gants. Je brûle de sueur, je laisse tomber mon pull, le tricot qui m'étouffe. Torse nu. L'espoir me donne des ailes, je ne sens pas la fatigue. La trace plonge derrière un ressaut qui crée une vallée en miniature sur le flanc de la combe. La neige y est écrasée sur une large surface, des poils roux mêlés aux poils noirs. Mon loup était deux, peut-être un couple à la recherche de nourriture pour ses petits.

Après le ressaut, la trace continue. Elle monte et monte encore en suivant toute la longueur de la combe, trois ou quatre cents mètres au-dessus du fond. La lune a disparu et j'entre dans cet instant que j'ai appris à craindre, celui de la mort de l'âme, cette incertitude folle où l'on se prend même à douter que le jour se lèvera. Surtout, ne pas s'arrêter. J'effleure de l'épaule un rocher noir que Gio m'avait indiqué : c'est la cote trois mille. L'air se dérobe, mes poumons pompent et pompent le peu qu'il en reste.

Je marche depuis deux heures. Et puis d'un coup, comme ça, la trace s'évanouit dans une émulsion de neige fraîche au milieu de la pente. Un embrasement théâtral saisit la crête au-dessus de moi et dissipe les démons qui, déjà, se disputent ma raison, me suggèrent des loups tombés du ciel comme une pluie maléfique. Sois logique, Stan. Ils ne sont pas venus du ciel. Et s'ils ne sont pas venus du ciel…

À quatre pattes, je déblaie les environs. Là, une anfractuosité dans la roche ! Elle est assez large pour que je m'y glisse et j'ai sommeil, j'ai tellement sommeil.

Pas maintenant. Pas si près du but. *Ouvre les yeux*. Ils sont ouverts, voilà, on me hisse hors du lac, on m'allonge sur la glace, heureusement que le garde champêtre passait par là, quelqu'un appelle à l'aide, ça va petit ? Oh, peu importe tout ça, c'était il y a longtemps.

Une dernière fois, je me tourne vers la combe. Loin en contrebas, un point noir blotti contre une congère. C'est un homme, les bras autour des genoux, une petite boule que le froid fait rouler sous son pouce. Il résiste entre deux mondes, refuse de se laisser écraser. Cet homme, c'est moi. Une hallucination, l'un de ces songes immenses que Gio a décrits.

Mais lequel est le vrai ? Moi debout sur la pente, sur les traces du loup ? L'autre tassé là-bas, retenant à pleins bras les derniers battements de son cœur ? Qui de nous deux rêve l'autre ?

Je plonge dans le ventre de la montagne. La route est longue, les bras tendus contre l'obscurité. Un couloir de pierre interminable, un véritable labyrinthe où les traces des loups se discernent parfois dans la luminescence grise de champignons étranges. Je trébuche mille fois. Des heures et des heures, encore et encore, jusqu'à n'en plus pouvoir, jusqu'à...

Une caverne gigantesque, une cathédrale hérissée de stalagmites. D'un côté, un vitrail bleu s'ouvre dans la paroi, nous sommes contre le glacier. De l'autre, le soleil entre à flots par une anfractuosité donnant sur une vallée paisible, la porte des loups – la liberté. Elle attendra.

Titanosaurus stanislasi. Leucio n'a pas menti. Son dragon est là, au milieu de la nef, veillé par mille pénitents de calcaire. C'est un diplodocus, une créature de près de trente mètres de long, le plus beau spécimen que j'aie jamais vu. Il est allongé tout contre un autre, plus petit, son bébé sans doute. Le petit fait trois fois ma taille, ses pattes avant sont brisées net. Il est tombé dans ce gouffre, loin dans la poussière du temps. Sa mère s'est coincée à son tour en tentant de le secourir. Le monde a continué de tourner sur la pointe des pieds. Personne ne les a pleurés parce qu'il n'y a eu personne pendant longtemps, parce qu'il a fallu attendre cent quarante millions d'années pour que quelqu'un ait enfin l'idée de pleurer. Alors je reste à leur chevet, longuement, je veille sur leur sommeil dans cette nuit sans aube, sur leur amour immense, leur amour de géants.

Dormez. Bientôt, je partirai sans vous réveiller, car de se réveiller il n'est plus question depuis longtemps.

— C'est pour moi ?

— Bien sûr que c'est pour toi.

Maman n'a pas lâché sa valise. Elle avance, touche le lit qu'elle n'a jamais vu si grand, arpente sa chambre à elle, là tout au fond de l'appartement. J'ouvre chaque placard, un pour ses robes, un pour ses manteaux, un autre pour toutes les tenues de bal qu'elle n'a pas encore.

— Et ces moulures, maman, regarde !

Elle regarde, elle ne fait que ça avec ses yeux d'Amérique, un sourire aux lèvres. Elle a menti, elle n'a pas vieilli. Elle ne sera jamais vieille.

— Merci Nino. On sera bien ici, tous les deux. Comme autrefois. Quand nous avions ce chien que tu aimais tant, le gris…

— Bleu. Pépin.

— C'est ça. Au sujet de ce chien, il faut que je te dise…

Je sais maman, je sais depuis longtemps. Repose-toi. Le voyage a été long et tu es fatiguée. Il en a fallu, des fossiles, pour en arriver là.

— Tes pauvres ongles, Nino… Ils sont dans un état…

Ne t'en fais pas, c'est mon métier. Pose ta valise. Allonge-toi. Ferme les yeux. Tu vois, c'est confortable, n'est-ce pas ? Tout à l'heure, nous fêterons nos retrouvailles. Nous irons à l'opéra, nous danserons et nous tournerons. Et quand tu te fatigueras, tu t'appuieras sur moi.

Assis près du lit, j'écoute son souffle ralentir, verser dans le sommeil. Et maintenant, je sors à pas de loup.

Maintenant, j'éteins la lumière.

PRINTEMPS

C'est un pays où les querelles durent mille ans. Personne ne vient plus depuis longtemps. Les bus d'autrefois gisent sur le flanc, éléphants rouillés, agonisent sur le ciment froid d'arrière-cours balayées par le vent. Ils n'empruntent plus la route traversée d'herbe qui monte au village abandonné. Ici il n'y a rien à voir, rien à faire. Il n'y a que des ruines et de la peine.

Personne ne vient plus depuis longtemps, sauf lui. Un vieil Italien, un géant voûté par les ans, un visage de pierre mangé par d'épaisses lunettes. Il s'engage sur les chemins rouverts par le soleil après un long hiver. Passe les maisons vides, la forêt sous les falaises de granit, franchit le pont de rondins, en tout cas ce qu'il en reste. Longe le plateau, ne s'arrête que pour dormir. Repart, agrippe la montagne par ses poignées de fer et l'enjambe.

Plus jeune, il faisait ce pélerinage tous les ans. Ses visites se sont espacées, c'est la vie. Mais cette année-là, 1994, est spéciale. Spéciale parce que c'est la dernière. L'année prochaine, il n'aura plus la force, c'est comme ça et ce n'est pas plus mal. Il n'est plus tout jeune, ses enfants et ses petits-enfants n'ont pas manqué de le lui rappeler, parce qu'ils voulaient le dissuader de venir. À quatre-vingt-sept ans, ce n'est pas raisonnable. Tout ça pour une vieille histoire.

Il descend dans la combe par le chemin de toujours. Pour la première fois, paraît fatigué. Il reste assis un long moment, à l'endroit où les tentes se dressaient autrefois. Murmure des choses qu'on n'entend pas, elles ne sont que pour lui. Il a changé en quarante ans, sa lenteur est devenue sublime, sa patience infinie. Mais cet endroit est le même. Il se souvient bien. Il se souvient de tout.

Le vieil homme s'apprête à repartir quand une couleur accroche son regard, là-bas. Alors il marche en plein ciel, il marche jusqu'à la couleur. Il marche au-delà de son âge, de ses os qui grognent et s'effritent et courbent sa silhouette de géant.

La neige a découvert des vêtements. Une veste, un pull, un tricot. Bien conservés, éparpillés sur un sentier qui longe la combe par l'est. Au revers du pull, une étiquette porte le nom de leur propriétaire. Il sait sans la lire qu'il manque une petite lettre que lui seul prononçait. Ses lunettes s'embuent – c'est la sueur, pense-t-il en frottant ses verres épais comme le doigt.

Il tourne enfin les talons. Il part sans toucher la veste, le pull, le tricot. À son retour sa femme lui demande pourquoi, depuis le grand lit qu'elle ne quitte plus depuis qu'elle est malade. Pourquoi il n'a pas ramassé les vêtements. Umberto répond qu'il ne sait pas. Qu'il se rappelle juste avoir pensé, en jetant un dernier regard en arrière :

C'est le plus bel endroit du monde.

DU MÊME AUTEUR

Aux Éditions de L'Iconoclaste

MA REINE, 2017 (Folio n° 6583). Prix du Premier Roman 2017, prix Femina des lycéens 2017, prix « Envoyé par la Poste » 2017, Étoile du *Parisien* du meilleur livre de l'année 2017, prix du premier roman de La Forêt des Livres 2017, prix Terre de France 2017, Talent Cultura 2017, prix Alain-Fournier 2018, prix Fondation Jacqueline de Romilly 2018, prix Rendez-vous du Premier Roman 2018 (Québec), lauréat du 31e Festival du Premier Roman 2018 (Chambéry), prix La Passerelle 2018, prix Terres de Paroles 2018, prix des lycéens Folio 2019-2020.

CENT MILLIONS D'ANNÉES ET UN JOUR, 2019 (Folio n° 6960).

DES DIABLES ET DES SAINTS, 2021. Grand Prix RTL-*Lire* 2021.

COLLECTION FOLIO

Dernières parutions

7052.	Bruno Le Maire	*L'ange et la bête. Mémoires provisoires*
7053.	Philippe Sollers	*Légende*
7054.	Mamen Sánchez	*La gitane aux yeux bleus*
7055.	Jean-Marie Rouart	*La construction d'un coupable.* À paraître
7056.	Laurence Sterne	*Voyage sentimental en France et en Italie*
7057.	Nicolas de Condorcet	*Conseils à sa fille* et autres textes
7058.	Jack Kerouac	*La grande traversée de l'Ouest en bus* et autres textes beat
7059.	Albert Camus	*« Cher Monsieur Germain,... »* Lettres et extraits
7060.	Philippe Sollers	*Agent secret*
7061.	Jacky Durand	*Marguerite*
7062.	Gianfranco Calligarich	*Le dernier été en ville*
7063.	Iliana Holguín Teodorescu	*Aller avec la chance*
7064.	Tommaso Melilli	*L'écume des pâtes*
7065.	John Muir	*Un été dans la Sierra*
7066.	Patrice Jean	*La poursuite de l'idéal*
7067.	Laura Kasischke	*Un oiseau blanc dans le blizzard*
7068.	Scholastique Mukasonga	*Kibogo est monté au ciel*
7069.	Éric Reinhardt	*Comédies françaises*
7070.	Jean Rolin	*Le pont de Bezons*
7071.	Jean-Christophe Rufin	*Le flambeur de la Caspienne. Les énigmes d'Aurel le Consul*

7072. Agathe Saint-Maur	*De sel et de fumée*
7073. Leïla Slimani	*Le parfum des fleurs la nuit*
7074. Bénédicte Belpois	*Saint Jacques*
7075. Jean-Philippe Blondel	*Un si petit monde*
7076. Caterina Bonvicini	*Les femmes de*
7077. Olivier Bourdeaut	*Florida*
7078. Anna Burns	*Milkman*
7079. Fabrice Caro	*Broadway*
7080. Cecil Scott Forester	*Le seigneur de la mer. Capitaine Hornblower*
7081. Cecil Scott Forester	*Lord Hornblower. Capitaine Hornblower*
7082. Camille Laurens	*Fille*
7083. Étienne de Montety	*La grande épreuve*
7084. Thomas Snégaroff	*Putzi. Le pianiste d'Hitler*
7085. Gilbert Sinoué	*L'île du Couchant*
7086. Federico García Lorca	*Aube d'été* et autres impressions et paysages
7087. Franz Kafka	*Blumfeld, un célibataire plus très jeune* et autres textes
7088. Georges Navel	*En faisant les foins* et autres travaux
7089. Robert Louis Stevenson	*Voyage avec un âne dans les Cévennes*
7090. H. G. Wells	*L'Homme invisible*
7091. Simone de Beauvoir	*La longue marche*
7092. Tahar Ben Jelloun	*Le miel et l'amertume*
7093. Shane Haddad	*Toni tout court*
7094. Jean Hatzfeld	*Là où tout se tait*
7095. Nathalie Kuperman	*On était des poissons*
7096. Hervé Le Tellier	*L'anomalie*
7097. Pascal Quignard	*L'homme aux trois lettres*
7098. Marie Sizun	*La maison de Bretagne*
7099. Bruno de Stabenrath	*L'ami impossible. Une jeunesse avec Xavier Dupont de Ligonnès*
7100. Pajtim Statovci	*La traversée*
7101. Graham Swift	*Le grand jeu*

7102. Charles Dickens — *L'Ami commun*
7103. Pierric Bailly — *Le roman de Jim*
7104. François Bégaudeau — *Un enlèvement*
7105. Rachel Cusk — *Contour. Contour – Transit – Kudos*
7106. Éric Fottorino — *Marina A*
7107. Roy Jacobsen — *Les yeux du Rigel*
7108. Maria Pourchet — *Avancer*
7109. Sylvain Prudhomme — *Les orages*
7110. Ruta Sepetys — *Hôtel Castellana*
7111. Delphine de Vigan — *Les enfants sont rois*
7112. Ocean Vuong — *Un bref instant de splendeur*
7113. Huysmans — *À Rebours*
7114. Abigail Assor — *Aussi riche que le roi*
7115. Aurélien Bellanger — *Téléréalité*
7116. Emmanuel Carrère — *Yoga*
7117. Thierry Laget — *Proust, prix Goncourt. Une émeute littéraire*
7118. Marie NDiaye — *La vengeance m'appartient*
7119. Pierre Nora — *Jeunesse*
7120. Julie Otsuka — *Certaines n'avaient jamais vu la mer*
7121. Yasmina Reza — *Serge*
7122. Zadie Smith — *Grand Union*
7123. Chantal Thomas — *De sable et de neige*
7124. Pef — *Petit éloge de l'aéroplane*
7125. Grégoire Polet — *Petit éloge de la Belgique*
7126. Collectif — *Proust-Monde. Quand les écrivains étrangers lisent Proust*
7127. Victor Hugo — *Carnets d'amour à Juliette Drouet*
7128. Blaise Cendrars — *Trop c'est trop*
7129. Jonathan Coe — *Mr Wilder et moi*
7130. Jean-Paul Didierlaurent — *Malamute*
7131. Shilpi Somaya Gowda — *« La famille »*
7132. Elizabeth Jane Howard — *À rude épreuve. La saga des Cazalet II*

7133. Hédi Kaddour *La nuit des orateurs*
7134. Jean-Marie Laclavetine *La vie des morts*
7135. Camille Laurens *La trilogie des mots*
7136. J.M.G. Le Clézio *Le flot de la poésie continuera de couler*
7137. Ryoko Sekiguchi *961 heures à Beyrouth (et 321 plats qui les accompagnent)*
7138. Patti Smith *L'année du singe*
7139. George R. Stewart *La Terre demeure*
7140. Mario Vargas Llosa *L'appel de la tribu*
7141. Louis Guilloux *O.K., Joe !*
7142. Virginia Woolf *Flush*
7143. Sénèque *Tragédies complètes*
7144. François Garde *Roi par effraction*
7145. Dominique Bona *Divine Jacqueline*
7146. Collectif *SOS Méditerranée*
7147. Régis Debray *D'un siècle l'autre*
7148. Erri De Luca *Impossible*
7149. Philippe Labro *J'irais nager dans plus de rivières*
7150. Mathieu Lindon *Hervelino*
7151. Amos Oz *Les terres du chacal*
7152. Philip Roth *Les faits. Autobiographie d'un romancier*
7153. Roberto Saviano *Le contraire de la mort*
7154. Kerwin Spire *Monsieur Romain Gary. Consul général de France*
7155. Graham Swift *La dernière tournée*
7156. Ferdinand von Schirach *Sanction*
7157. Sempé *Garder le cap*
7158. Rabindranath Tagore *Par les nuées de Shrâvana* et autres poèmes
7159. Urabe Kenkô et Kamo no Chômei *Cahiers de l'ermitage*
7160. David Foenkinos *Numéro deux*
7161. Geneviève Damas *Bluebird*
7162. Josephine Hart *Dangereuse*
7163. Lilia Hassaine *Soleil amer*
7164. Hervé Le Tellier *Moi et François Mitterrand*
7165. Ludmila Oulitskaïa *Ce n'était que la peste*
7166. Daniel Pennac *Le cas Malaussène I Ils m'ont menti*

7167. Giuseppe Santoliquido	*L'été sans retour*
7168. Isabelle Sorente	*La femme et l'oiseau*
7169. Jón Kalman Stefánsson	*Ton absence n'est que ténèbres*
7170. Delphine de Vigan	*Jours sans faim*
7171. Ralph Waldo Emerson	*La Nature*
7172. Henry David Thoreau	*Sept jours sur le fleuve*
7173. Honoré de Balzac	*Pierrette*
7174. Karen Blixen	*Ehrengarde*
7175. Paul Éluard	*L'amour la poésie*
7176. Franz Kafka	*Lettre au père*
7177. Jules Verne	*Le Rayon vert*
7178. George Eliot	*Silas Marner. Le tisserand de Raveloe*
7179. Gerbrand Bakker	*Parce que les fleurs sont blanches*
7180. Christophe Boltanski	*Les vies de Jacob*
7181. Benoît Duteurtre	*Ma vie extraordinaire*
7182. Akwaeke Emezi	*Eau douce*
7183. Kazuo Ishiguro	*Klara et le Soleil*
7184. Nadeije Laneyrie-Dagen	*L'étoile brisée*
7185. Karine Tuil	*La décision*
7186. Bernhard Schlink	*Couleurs de l'adieu*
7187. Gabrielle Filteau-Chiba	*Sauvagines*
7188. Antoine Wauters	*Mahmoud ou la montée des eaux*
7189. Guillaume Aubin	*L'arbre de colère*
7190. Isabelle Aupy	*L'homme qui n'aimait plus les chats*
7191. Jean-Baptiste Del Amo	*Le fils de l'homme*
7192. Astrid Eliard	*Les bourgeoises*
7193. Camille Goudeau	*Les chats éraflés*
7194. Alexis Jenni	*La beauté dure toujours*
7195. Edgar Morin	*Réveillons-nous !*
7196. Marie Richeux	*Sages femmes*
7197. Kawai Strong Washburn	*Au temps des requins et des sauveurs*
7198. Christèle Wurmser	*Même les anges*
7199. Alix de Saint-André	*57 rue de Babylone, Paris 7*[e]
7200. Nathacha Appanah	*Rien ne t'appartient*

*Tous les papiers utilisés pour les ouvrages
des collections Folio sont certifiés
et proviennent de forêts gérées durablement.*

*Composition Nord Compo
Impression Maury Imprimeur
45330 Malesherbes
le 13 novembre 2023
Dépôt légal : novembre 2023
1er dépôt légal dans la collection : juillet 2021
Numéro d'imprimeur : 274353*

ISBN 978-2-07-287922-7 / Imprimé en France.

629035